U0589321

晶莹的泪珠

陈忠实给孩子的散文

陈忠实————

著

浙江人民出版社

只 为 优 质 阅 读

好
读
Goodreads

目录

● ● ●

辑一　万物生灵

悠悠的花香沁人心脾，嗡嗡的蜂声柔声蜜
语，我忽然从心头飘出一句悠扬的歌：正
当梨花开遍了天涯……

辑二　人间温情

我看见两滴晶莹的泪珠从眼睫毛上滑落下来，掉在脸鼻之间的谷地上，缓缓流过一段就在鼻翼两边挂住。

辑三　此心安处

秦人创造了自己的腔儿。

这腔儿无疑最适合秦人的襟怀展示。

黄土在，秦人在，这腔儿便不会息声。

辑四　步履不停

告别天之池，告别长白山，留一份纯净，
留一份羞色，陶冶情感滋润心灵。

辑一

万物生灵

拜见朱鹮

中国有熊猫，世界独一无二，国宝。

中国有朱鹮，同样独一无二，同样为国宝。

朱鹮在中国，也只是在陕西洋县一地有。洋县在秦岭南麓，汉江边上，有平坦的坝子，有曲线优美、舒展温柔的缓坡，有重叠起伏、一袭秀气的丘陵，有挺拔伟岸、弥漫着原始森林气息的秦岭群峰，有如画如诗的田畴和稻地，更有性情温和、天性怡然的乡民……在世界各地的朱鹮相继灭绝（日本仅余一只失去繁育能力的老鸟）的现今，洋县却存留住了这种鸟儿。

想到今天就可以看到朱鹮，竟有拜谒的激动和忐忑。这种心态源自既久的关于朱鹮的传闻的神秘。二十世纪九十年代初，第一次从报刊上看到在陕西洋县发现朱鹮的消息，看到了这种前所未闻的稀世珍禽的倩影，尽管报纸上照片的印刷质量极差，然而这鸟儿的仙姿丽影依然飘逸显现，留下来一个梦幻丽人的记忆。那时候，同时就滋生了想一睹其风姿的欲望。整整十年了，曾经有过下汉中途经洋县的行程，却没有机缘去攀见，欲望便滞积在心里，愈久愈强烈。

十年里，有关朱鹮的印象不断地加深着，报刊和电视上不断有关于朱鹮的消息，都是令人兴奋和欣慰的：最初发现的几只朱鹮安全无虞。国家已经在洋县建立朱鹮救护基地，并派出专家精心养护。日本友人捐资救护朱鹮，有社会团体也有个人。更令人振奋的消息说，在洋县某地又发现朱鹮聚生的群体。十年下来，朱鹮的族群从最初的几只已经繁衍到两百只，成为一个令世界惊羡的华丽家族了，这个濒临灭种的鸟类珍品注定不会从最后一块栖息之地消失了。

朱鹮在南美的丛林里已经消失了，不再重现。朱鹮在日本仅存一只，也到了年迈色衰失掉繁殖本能的奄奄状态，灭绝是注定了的。日本国民为这种鸟儿即将面临的灭绝，几乎举国哀怨，且有自省，他们的许多东西都趋世界前列，而对一种小鸟的保护却屡遭失挫，以至眼巴巴看着它绝世而去。朱鹮被日本人视为国鸟，有某种悠长的情结。据说日本人通过几种途径渴求得到中国朱鹮，以弥补心里那份永久的遗憾和亏欠，直到天皇访华向国家领导人提出这种愿望，于是就有一对名为"友友"和"洋洋"的朱鹮从洋县起程东渡日本，一路专车监护，经西安，举行隆重的赠送仪式，然后直飞东邻岛国，使人想起那位出塞的汉家女王昭君。我在到达丘陵缓坡下的朱鹮救护基地时，有一位日本人刚刚离开。确凿无误的消息说，一九九八年东渡日本的"友友"和"洋洋"已经成功地哺养了第一只后代，作为日本国鸟的朱鹮有了第一个递增的数字，据说又轰动了日本。

我在电视上看到过有关朱鹮的专题片，一袭嫩白，柔若无骨，在稻田里踯躅是优雅的，起飞的动作是优雅的，掠过一畦畦稻田和一座座小丘飞行在天空是优雅的，重新落在田埂或树枝上的动作也是一份优雅。这个鸟儿生就的仙风神韵，入得人眼就是一股清丽，拂人心肺。头顶一抹丹红，长长的紫黑的喙的尖头竟然是红色，两条细长的腿红色惹眼，白色的翅膀的内里却是红色的，像是白面红里的被子，通体嫩白中点缀着这几点丹朱，凭想象尽可以勾勒它的美妙了。

凭着积久的印象和愿望，在即将见到朱鹮的真身时，就有了某种拜谒至仙的感觉。我在朱鹮救护基地看见的朱鹮是笼养的，未免遗憾，它们无法飞翔起来，只能在人工搭设的木架上栖息，在笼子圈定的沙地上蹒跚，在人和鸟共同筑成的巢窝产卵孵卵。四月正是朱鹮的繁殖期，不能惊扰。据说受了惊扰的雌鸟激素会受影响，减少产卵数量，我就甘愿远远地站着。

另外的遗憾还是因为时月。处于繁育期的朱鹮，羽毛竟然神奇地变换了，变换出一身的灰色，据专家说这是鸟儿为了保护自己以迷惑天敌的生理性转换。白色的羽毛已经变成灰色，从头到尾，那灰色也有深和浅的不同层次，深灰、浅灰和灰白色，像是野战将士的迷彩服。这种羽毛在季节中的变化，最初连专业人员也产生过错觉，以为在山野里又发现了朱鹮的"新新人类"，后来才知闹了笑话，仍然是朱鹮，灰色的朱鹮是白色的朱鹮适应生存发展的一种色变。

灰色的朱鹮头顶上耀眼的丹红暗淡了，长喙尖头的红色也变成铁红了，长腿的红色也收敛了艳丽，只有翅膀内里的红色还依旧鲜亮。为了繁育后代，为了繁育期卧巢和不能远行的安全，这鸟儿一身素装，把天生丽质隐蔽起来，像最爱美的少妇在月子里的不修边幅和甘愿的邋遢。对我来说，遗憾虽然有，毕竟见到了真实的朱鹮，优雅依旧，神韵依然，囚在笼子里的栖卧和蹒跚，依然不失其仙风神韵的优雅。

为了防止最丑恶的蛇和老鼠偷食鸟蛋和幼鸟，偌大的笼子用罕见的细密的钢丝织成围就。我无法想象蛇和鼠对朱鹮生存的威胁和残害的惨景，然而自然界从来就是这样混生着。专家还告诉我，养在笼子里的朱鹮，最初是从野外抢救回来的"老弱病残"，经人工科学养护脱离危险，它们就不习惯笼子里的囚牢般的限制往外扑逃，常常撞到丝网上而伤翅破头，感染溃烂致死。于是就在网内增设了一层软网，有效地解决了这个棘手的问题。正是这一道软网，使日本人感到自己脑袋还有不开窍的那一面，能造出世界上最好的汽车和电器，却想不到这一张软网，致使饲养的朱鹮屡屡发生撞伤以致死亡的惨事。

我还是想看到纯如白雪公主的朱鹮，还是渴望观赏朱鹮在稻田和缓坡地带飞翔在蓝天白云下的仙风神韵。需得等到秋天或冬天，朱鹮的幼鸟也能翱翔天空时，哺育和监护后代的使命宣告完成，就逐渐变换出嫩白的羽毛和几点惹眼的丹红，就可以看到掠过水田和绿树的仙姿神韵了。

留下遗憾，也留下依恋和向往，待秋后满山红叶时，再到洋县朱鹮聚居的山野来，再做礼拜。

又见鹭鸶

那是春天的一个惯常的傍晚，我沿着水边的沙滩漫不经意地散步。旱草和水草都已经蓬勃起来，河川里满眼都是盎然生机，野艾、苦蒿、薄荷和鱼腥草的气味混合着弥漫在空气里，风轻柔而又湿润。在桌椅间窝蜷了一天的四肢和绷紧的神经，渐渐舒展开来、松弛开来。

绕过一道河石垒堆的防洪坝，我突然瞅见了鹭鸶，两只，当下竟不敢再挪动一步，生怕冲撞了它们，惊飞了它们，便蹑手蹑脚悄悄地在沙地上坐下来，压抑着冲到唇边的惊叹，哦！鹭鸶又飞回来了！

在顺流而下大约三十米外，河水从那儿朝南拐了个大弯儿，弯儿拐得不急不直随心所欲，便拐出一大片生动的绿洲，贴近水流的沙滩上水草尤其茂密。两只雪白的鹭鸶就在那个弯头上踯躅，在那一片生机盎然的绿草中悠然漫步；曲线优美到无与伦比的脖颈迅捷地探入水中，倏忽又在草丛里扬起头来；两条峭拔的长腿淹没在水里，举趾移步优然雅然；一会儿此前彼后，此左彼右，一会儿又此后彼前，此右彼左；断定是一对儿没有雄尊雌卑或阴盛阳衰的纯粹感情维系的平等夫妻……

于是，小河的这一方便呈现出别开生面令人陶醉的风景：清澈透碧的河水哗哗吟唱着在河滩里蜿蜒，两个穿着艳丽的女子在对岸的水边倚石搓洗衣裳，三头紫红毛色的牛和一头乳毛嫩黄的牛犊在河滩草地上吃草，三个放牛娃三对角坐在草地上玩扑克，蓝天上只有一缕游丝似的白云凝而不动，落日正渲染出即将告别的热烈和辉煌……这些时常见惯的景致，全都因为一双鹭鸶的出现而生动起来。

不见鹭鸶，少说也有二十年了。小时候在河里耍水在河边割草，鹭鸶就在头前或身后的浅水里，有时竟在草笼旁边停立；上学和下学涉过河水时，鹭鸶在头顶翩翩飞翔，我曾经妄想把一只鸽哨儿戴到它的尾毛上；大了时在稻田里插秧或是给稻畦里放水，鹭鸶又在稻田圪梁上悠然踱步，丝毫也不戒备我手中的铁锨……难得泯灭的永远鲜活的鹭鸶的倩影，现在就从心里扑飞出来，化成活泼的生灵在眼前的河湾里。

至今我也搞不清鹭鸶突然离去和突然绝迹的因由，鸟类神秘的生活习性和生存选择难以捉摸。岂止鹭鸶这样的小河流域鸟类中的贵族，乡民们视作报喜的喜鹊也绝迹了，张着大翅盘旋在村庄上空窥伺母鸡的恶老鹰彻底销踪匿迹了，连丑陋不堪猥琐笨拙的斑鸠也再不复现了，甚至连飞起来遮天蔽日的丧婆儿黑乌鸦都见不着一只，只有麻雀种族旺盛，村庄和田野处处都只能听到麻雀的叽叽喳喳。到底发生了什么灾变，使鸟类王国土崩瓦解灭族灭种留下一片大地静悄悄？

单说鹭鸶。许是水流逐年衰枯、稻田消失、绿地锐减，这鸟儿瞧不上越来越僵硬的小河川道了？许是乡民滥施化肥农药污染了流水也污浊了空气，鹭鸶感到窒息而逃逸了？许是沿河两岸频频敲打的庆贺"指示"发表的锣鼓和震天撼地的炮铳，使这喜欢悠闲的贵族阶级心惊肉跳恐惧不安，抑或是不屑于这一方地域上人类的愚蠢可笑拂尾而去？许是那些隐蔽在树后的猎手暗施的冷枪，击中了鹭鸶夫妻双方中的雌的或雄的，剩下的一个鳏夫或寡妇悲怆遁逃？

又见鹭鸶！又见鹭鸶！

落日已尽，红霞隐退，暮霭渐合。两只鹭鸶悠然腾起，翩然扇动着洁白的翅膀逐渐升高，没有顺河而下也没见逆流而上，偏是掠过小河朝北岸树木葱茏的村庄飞去了。我顿然悟觉，鹭鸶原是在村庄里的大树上筑巢育雏的。我的小学校所在的村庄面临河岸的一片白杨林子里，枝枝杈杈间竟有二十多个鹭鸶搭筑的窝巢，乡民们无论男女老幼引为荣耀视为吉祥。一只刚刚生出羽毛的雏儿掉到地上，竟然惊动了整个村庄的男女老少，合议着公推一位爬树利落的姑娘把它送回窝儿里。更不必担心伤害鹭鸶的事了，那是被视为作孽短寿的事。鹭鸶和人类同居一处无疑是一种天然的和谐，是鸟类对人类善良天性的信赖和依傍。这两只鹭鸶飞到北岸的哪个村庄里去了呢？在谁家门前或屋后的树上筑巢育雏呢，谁家有幸得此吉兆得此可贵的信赖情愫呢？

我便天天傍晚到河湾里来，等待鹭鸶。连续五六天，不见踪影，我才发现没有鹭鸶的小河黯然失色。我明白自己实际是在重演那个可笑的"守株待兔"的寓言故事，然而还是忍不住要来。鹭鸶的倩影太富于诱惑了。那姿容端的是一种仙骨神韵，一种优雅一种大度一种自然；起飞时悠然翩然，落水里也悠然翩然，看不出得意时的昂扬恣肆，也看不出失意下的气急败坏；即使在水里啄食小虫小虾青叶草芽儿，也不似鸡们鸭们雀们饿不及待的贪馋和贪婪相。二三十年不见鹭鸶，早已不存再见的期冀和奢望，一见便不能抑止和罢休。我随之改变守候而为寻找，隔天沿着河流朝下，隔天又溯流而上，竟是一周的寻寻觅觅而终不得见。

我又决定改变寻找的时间，于是舍弃了一个美好的出活儿的早晨，在黎明的微曦中沿着河水朝上走。大约走出五华里路程，河川骤然开阔起来，河对岸有一大片齐肩高的芦苇，临着流水的芦苇幼林边，那两只鹭鸶正在悠然漫步，刚出山顶的霞光把白色的羽毛染成霓虹。

哦！鹭鸶还在这小河川道里。

哦！鹭鸶对人类的信赖毕竟是可以重新建立的。

我在一块河石上悄然坐下来，隔水眺望那一对圣物，心头便涌出一首脍炙人口的诗歌来：

> 蒹葭苍苍，
> 白露为霜。
> 所谓伊人，
> 在水一方。
> ……

遇合燕子，还有麻雀

燕子来了。

刚一打开门，燕子就飞过来，"叽叽叽叽"吵叫着，在过庭的四周旋飞，自然是寻找可以筑巢的地方。有时候多到十余只，在前屋后屋的过庭和屋檐下旋转。整个屋院里，呈现熙熙攘攘热热闹闹的气氛。无论在南方或在北方，燕子都被平民视为吉祥的美和善的形象，也是春天的象征。尽管寒风依旧刺脸，尽管冰雪封冻、枯草遍地，心里却已洋溢着春天的气息了。燕子都来了啊！

拒绝燕子，我便闭了前门，也关了后门，不许燕子到屋内筑巢。我十分喜欢这种洋溢着吉祥洋溢着善良的鸟儿，却又不得不硬着心肠拒绝它们进屋，确是无奈的事。

二十世纪八十年代某一年，小燕子在我刚刚建成的前屋里寻觅栖息之地，最后选定了装着电灯开关的那个圆形木盒子，据此便衔泥筑窝。我和妻子和孩子都怀着一份欣喜——在新屋里添一对喜气洋洋的燕子，于心理上似乎平添了一种令人舒悦的吉祥气氛——都十分珍爱十分欢迎这一对客鸟。很短几天，小燕的窝巢极快地长高着，令我惊讶，曾戏谑简直是深圳速度啊！（那时候，深圳建筑业挣脱了中国建筑行当习以为常的慢腾腾，以几天建一层楼房的高速度震惊了中国，被誉为深圳速度，也成为中国经济改革的一个形象化的代名词。）我同时也发现了不妙：燕子用泥筑成大半的窝上，夹杂着一枝枝细长的草枝草叶，悬吊在空中，看上去乱糟糟脏兮兮的。印象中燕子是用纯粹的河泥造窝的，怎么会夹杂这么多草枝？问及村人，老者说，燕子有两种，一为瑚燕，用纯粹的河泥筑窝；一为草燕，用杂合着草枝草叶的河泥造窝。我才大开眼界，知道燕子中也有精致和粗糙的类别。

在我新屋里筑巢的这一对燕子，无疑是属于粗糙类的一种草燕了。但终归是燕子，粗糙就粗糙一点吧，我自己其实也不属于精致雅细之人，粗糙的人和粗糙的燕子正好合拍，正好可以为邻为伍，谁也不必嫌烦谁。到得这一对燕子夫妇开始轮换卧巢孵卵的时候，我又发现了不妙。墙上开始出现黑一道黄一道的排泄物。留心观察发现，卧巢孵蛋的燕子内急了，便把屁股撅出窝口，完了事又钻进窝去继续孵蛋，墙上就流下来一道秽物。我就觉得不能容忍，粗糙也不能粗糙到这种程度嘛！然而还是容忍了，主要是因为那窝里正在孵化的两枚蛋，说不定小燕就要破壳而出了呢。家人已多怨言，说没见过这样又懒又脏的燕子。怨归怨，嫌归嫌，只盼小燕尽早出窝离巢。

及至雏燕出壳，及至嫩雏逐渐长大羽丰，食量与日俱增，排泄量也同步增加，整个那一片墙壁，已经被燕粪涂抹得不堪入目，地上也落着脏物。每有客人来，迎面看见这幅景象，总是说把窝捣了，太不像样子了。我忍耐着那份惨不忍睹，承受着那份脏，直到发现雏燕已经出窝试飞，终于下了逐客令……因为实在无法辨别瑚燕和草燕，便闭了门，一律拒绝燕子进屋，有点因噎废食的简单。

拒绝燕子，另有一个更硬的原因。我一个人住在这个祖居老屋里，常有出门的时候，短则一日，长则十天半月，走了就得锁门，燕子苦心竭力筑巢育雏，都会前功尽弃，甚或虐杀幼雏。即使精致的瑚燕，也无法容留。然而心里确实期盼能有一对瑚燕为邻为友，每天"叽叽啾啾"呢喃着，添一分生气和祥和。

真是令人喜出望外的事。早春时节去南方十天，回到原下老家时，我的第一发现，就是有燕子择定了居地。在前屋的后檐下，在那个粗大的挑梁和后墙构成的三角地带，有一个正在建筑着的燕窝。我一眼就看出来，那窝纯粹是用细腻的河泥垒堆的，一根一丝杂草也不见，据此可以断定属于精致的瑚燕窝。它选择的地方也太好不过了，无论我在家或出外，都不妨碍它筑窝和将来育雏。

又是深圳速度。两只燕子轮番衔着泥回来，把泥团搭在茬口上，歪着小脑袋左按一下，右按一下，然后就飞走了。我很奇怪，一团一团的河泥里掺着细沙，本是很松散的，比普通黄泥的黏合力差得远了，怎么会黏结得牢靠？似乎村人说过，燕子嘴里自含胶，是说燕子的口腔里分泌一种可以使泥团增强黏结力的液体。无法验证，不得而知，反正那窝与日俱增着，速度极快。我在暗自庆幸遇合了这一对精致的瑚燕的愉快心境里，看着专心致志忙忙碌碌筑巢的燕子，常常浮出幼年的一幅难忘的情景来。

　　大约是我刚刚入学启蒙，还没有认下几个字的时候。某天放早学回家，看见父亲在后屋明间的脚地上锯一块小小的薄板，比我的课本大不出多少。我便问，锯这板干什么。父亲说给燕子架一个垒窝的台板。他说有一双燕子在屋梁上飞来飞去，有两三天了，估计找不到可以落泥垒窝的台板。叔父在一边不经意地说，等你给燕儿把台板架好了，它又不来了。父亲自顾自做着，在抛光的木板的一面，用毛笔写下四个大字，并问我，你都是学生了，认不认得这几个字。我丝毫也不觉得难堪，因为父亲其实也明白我不可能认识这四个笔画很繁杂的汉字。他有点扬扬得意地念道：喜燕来朝。他继续以扬扬得意的口吻给我讲说，燕子是吉祥鸟，也是喜鸟善鸟，在谁家垒窝是喜事。我便问"朝"是什么意思。父亲嗯了一声，朝嘛也不敢说朝拜，咱是穷家百姓……叔父已经走开了。他几乎是个文盲，大约不屑看取父亲咬文嚼字的做派。然而父亲随之端来木梯，先在檩木上砸进两枚生铁方钉，再把木板架上去，又用细绳捆扎牢靠。我在梯子旁边瞅着"喜燕来朝"那四个悬在空中的毛笔字，积着灰尘结着隔年蛛网的老房旧梁，似乎顿然有了可期待的灵气了。母亲在催过我和父亲吃饭之后，随口说出几句关于燕子的歌谣：不吃你家米，不脏你家地，只借你家高房垒窝育儿女，也给你家添份喜……

　　我对燕子最初的认知和记忆，就是这天早晨留下的。父亲精心搭置的木板平台，真的招来了一对燕子。后来怎么垒窝、孵卵、育雏，年代久远，已不甚了了，只是清楚地记得，那对燕子不仅自己不在窝口拉屎，连它们孵出的雏燕的排泄物，也都转移到屋院以外的野地里去了。父亲说，燕子叼着虫回到窝喂小燕，出窝时就把小燕拉的屎叼走了，燕子这鸟比有些人还通灵性。这是事实，在写着"喜燕来朝"的木板上筑成的燕窝下面的脚地上，从来也没见过一次秽物，直到雏燕出窝。几十年后我才知晓，燕子中还有既脏地又脏墙令人生厌的草燕一类。据村人说，现在的燕子比过去多多了，村里好多人家都有燕子垒窝，十之八九都是粗糙的草燕，弄得屋里脏兮兮的，又不忍心赶出门去。瑚燕已经少得不成比例，愈显得珍贵，也愈难遇合了。我多庆幸啊！

　　看着最后一团湿泥干涸，再不见有新的湿漉漉的河泥垒加，我就明白燕子的这个建筑物大功告成了。这是怎样奇妙的一幢鸟类的伟大建筑啊：贴着墙的一面逐渐悬吊下去，形成一个小小的兜，然后又缓缓地朝前往上垒上去，最后收成一个仅仅只容得燕子出入的小口。我便可以推想，那个悬吊在最下部的兜，肯定是为产卵设计的，卵不至于乱滚，雏燕藏在这个兜底，恰如一个四面设围的摇篮，避免了瞎滚瞎爬而掉出来摔死的危险。这个燕窝是依托挑梁和墙壁平面屋檐的三角地带垒成的，根本没有用我父亲在屋梁上架设的木板做基础，也没有十余年前那对草燕在前屋电灯开关的木盒上垒窝的依托，难度就很大了。这是一个完全悬空的建筑。这是燕群里的一对建筑大师出神入化的杰作，令我叹为观止。可以断定，这是它们的父母无法教给它们的方法和技巧，也是无法从它们的同类那儿模仿的，因为根本不存在完全相同的垒窝筑巢的环境，一切都得依据具体环境提供的可能性，去构思去设计去施工。由此可以推想，每一对燕子的每一次筑巢，都是一次重新开始的全新的创造，无法仿效同类，也无法重复自己。

我察觉新垒的燕窝呈现出一种静谧，只有一只燕子在屋院里偶尔掠过，估计这是那只公燕，母燕静卧新巢产卵了。我无意间也就放轻了脚步，出入后门走过头顶的那个神秘的燕窝时，自然生出一缕拘谨，生怕惊扰了它。想到再过一些时日，那神秘的窝巢里将会传出雏燕争食的声音，该是多么美妙哦！

外出一周回到原下，打开已经积尘的铁锁，首先想看一看前屋后檐下的燕窝，似乎没有任何动静。我便想到，可能正在产卵或孵卵哩，不到饿极或内急，燕子是不会出窝的。几天过去了，我竟然没有发现燕子一次出入其巢，便有些疑惑，担心也就潜生了。后来就站在较远处的后屋前门口耐心等候，许久仍不见燕子出入的踪迹，倒是有两只甚至多只燕子出入前屋和后屋的大门，或在屋院上空旋飞，却不见进出窝口，这是怎么回事呢？又过了许多天，我终于断定，这个燕窝已是一个空巢，心里竟冷寂起来，猜想这对精心设计苦力构建了窝巢的燕子，不可能另择栖地重筑新巢，也不可能是被孩子虐杀，因为即使最捣蛋的孩子，也不会捉燕子的。我唯一能想到的是农药的绝杀。然而这个时节的乡村里，麦子已经接近成熟，早熟的水果都是不再施洒农药的。然而也不敢肯定，说不定什么人在菜园里喷了药汁……无论这种猜测的可靠性几何，结果却是不可改变的残酷，燕子确凿没有了，难得遇合的不脏我家地的瑚燕。

我的心里渐渐平复，在后屋里继续我写字或看书的事。某日中午，我撂下钢笔点燃一支卷烟，透过窗户玻璃无意朝前看去，看到一只麻雀从前屋后檐下飞出来，心里一惊，用水泥板构建的前屋后檐，没有任何鸟雀可以落脚的东西，这麻雀是不是从燕窝里飞出来的？我便走出后屋前门，站在台阶上想看个究竟。待了许久，再也看不到麻雀进出燕窝的奇迹发生，便想到刚才可能恰恰看见了一只从屋檐下掠过的麻雀，怪我多疑了，便又重新拾起钢笔。

当我再次点烟的时候，无意间又看见了从前屋后檐下飞出一只麻雀。这回我没有走出门去，就隐蔽在原位上隔着窗玻璃偷窥，果然，一只麻雀从屋檐上空折转下来，钻进那个燕窝里去了。我几乎脱口而出，雀占燕巢，千古奇观，随之就放声大笑了，笑得我都岔住气了。我读书读到有趣处时哑然失笑，是常有的事，有时候一个人走路想着某些滑稽可笑的事或人，也会暗自发笑。然而像这样的忍俊不禁的大笑，而且是在我一个人独居着的偌大空寂的屋院，却是绝无仅有的事。真是不可思议！好你个麻雀兔崽子！任谁都知道鸠占鹊巢的故事，然而恐怕没有谁如我有幸亲眼看见雀占燕巢的滑稽了。那么精美的燕窝里，现在飞出来又钻进去的，竟然是土头灰脑的麻雀。乡村人惊奇这类不可思议的怪事时常说，奇哉怪哉，楸树上结串蒜薹。现在恰好可以套用乡村人的这个句式，奇哉怪哉，燕窝里飞出麻雀。我突然想到那位诡秘奇思的天才作家蒲松龄，编尽了天下妖魔鬼怪的奇事逸闻，怕是也想不到麻雀竟会占据燕巢。我听说过蛇和老鼠钻进燕窝偷食燕蛋的事，并不为奇，只觉得残忍。然而麻雀怎么可能欺侮燕子呢？

在鸟儿的王国里，有益鸟和害鸟之分，这是人类按鸟的习性对自身的利害而做出的划界。如果就鸟儿王国本身而言，有食肉类和以草虫为食物的区分。食肉一类的鸟如鹰、鸠、雕、鹞等，以捕杀各种鸟儿和小型动物营养自己，甚至凶残暴戾到敢于攻击人类，它们是鸟类王国里的侵略者。以各种植物的叶子和果实或小虫为食物的鸟儿，是鸟类王国里的"各民族人民大众"，在广阔的大地上寻觅自己喜好的嫩叶、种子和虫子，互不干扰互不威胁和平共处。鸠占鹊巢就是鸟类王国里恶对善的欺凌。鸠是嗜血成性的凶鸟，而鹊是被人作为报喜禳灾的喜鸟而钟爱的。我却突发奇想，鸠残忍地捕杀喜鹊一类善鸟可能是时时发生的事，而鸠霸占喜鹊窝巢的事恐怕谁也没有亲眼看见过。我见过无数的喜鹊窝巢，是鸟类中最不讲究最潦草的一种，用比较粗硬的树枝杂乱无章地搭压在一起，疏漏如同罗眼。这样的窝，鸠怕是看不到眼里的。鸠占鹊巢无非是喻示恶对善的欺凌，强武对弱势的霸道，没有谁去勘察鸠是否真的霸占过鹊的窝巢。

麻雀却霸占了燕子的窝巢，我已先睹为快。

麻雀在鸟类王国里，无疑属于弱势一族中的弱势，那么小的体形，对任何鸟儿都不会构成威胁。在人类的眼里，不该被视为与人争谷的害鸟而曾被动员起来的六亿人民（一九五八年全国人口）围歼，即使为其平反之后，人们也没有太在乎过它，小孩子们的弹弓首先瞄准的还是麻雀。这个被凶鸟欺压也被人类轻贱着的小小麻雀，却可以欺侮燕子。而燕子在人的眼里和心里，自古都是颇为高贵的可以享受"喜燕来朝"架板的贵宾。如果用人类拳击的规则来度量，麻雀和燕子属于同一个量级，大约都不过零点一公斤的体重吧。然而麻雀却可以以武力霸占燕巢，怕是燕子生性太善也太娇弱了……我这样推测。

我把这个类似"楸树上结串蒜薹"的奇事讲给村里人，听者哈哈一笑便解谜了。村人说，麻雀根本不会和燕子动武。麻雀根本用不着和燕子动武。麻雀只要往燕子窝里钻一回，燕子就自动给麻雀把窝腾出来了。为啥？麻雀身上的臊气把燕子给熏跑了。燕子太讲究卫生了，闻不得麻雀的臊气。

哦！这又是我料想不到的学问，一个令我惊心的学问。

鸠以武力霸占鹊巢，如同人类历史中大大小小的臭名于世的侵略者，人们恐惧他们的暴力，却不奇怪他们曾经的出现和存在。然而麻雀呢？虽不具备如鸠一样的强力和嗜血成性的残暴，却可以用自身的腥臊气味把太过干净的燕子恶心一番，逼其自动出逃，达到如鸠一样霸占其巢的目的，而且不留鸠的恶。由此类推到自然界，如若蛆虫爬进了蚕箔，蚕肯定会窒息而死，其实蛆对蚕是不具备攻击力的。如若把一株臭蒿子栽到兰花盆里，后果将不言而喻。再推及人类社会生活中的臭与香、丑与美、恶俗与高雅、鸨婆与林黛玉、泼皮无赖和谦谦君子，其实是不必交手结局就分明了。

这倒成为我开心的一大景观。我站在台阶上抽烟，或坐在庭院里喝茶，抬头就能看见出出进进燕窝的麻雀的得意和滑稽，总忍不住想笑。起初，麻雀发现我站着或坐在院里，还在屋檐上或墙头上窥视，尚不敢放心大胆地进入燕窝，一旦我转身进屋，哧溜一声就钻进去了，还有点不好意思的心虚，显现出贼头贼脑的样子。时间一久，大约断定我其实并不介入它占燕巢的劣行，就变得无所顾忌的大胆了，无论我在屋里或檐下，它都自由出入于燕窝。我也就对麻雀吟诵：放心地在燕窝里孵蛋，再哺育小麻雀吧！毕竟也还是一种鸟！

绿蜘蛛，褐蜘蛛
——《我的树》之二

　　记不清究竟是临近清明前的哪一天早晨，我洗罢脸走出房门便惊得站住了脚，小院围墙根下的梨树开花了，一嘟噜一嘟噜粉嫩嫩的白花，疏疏朗朗点缀在嫩绿的枝叶之间，密集的花朵绣结成团，稀疏的花朵独秀一枝。我在最初瞧见的一瞬顿然幻化出一位白衣天使的绰约风姿。

　　我走到梨树下，竟然是潜意识的轻脚慢步，似乎单怕惊飞了这位白衣仙女。树干上湿漉漉的，夜气和露水浸润着的褐色的树干，像刚刚出浴的小腿。嫩绿的叶片也湿漉漉的，像仙女濯洗过后随意披散的长发。花是一簇一簇的，一根花梗里多则生出七八朵，少则四五朵，团成一簇；白如雪的花瓣，暗黄的花蕊，绿色的花柄，团团簇簇有如凝脂，装扮得这梨树恰如一位冰清玉澈神采仙风的白衣天女了。

　　记得五年前秋末冬初的一天傍晚，邻村的一位青年时期的农民朋友到我家来，腋下挟着一捆果树苗，有几株桃树，有几株杏

024

树，有几株李树，还有几株梨树，都是刚刚嫁接一年的幼株，说是特意送给我的。我解开捆扎的草绳儿，捏着看着那一株株细如小指的树苗，竟然激动起来了。他说他知道我盖起一年多的新房前有一块小院，他说他知道我喜欢栽树，他说他觉得给围墙内的小院栽几株各色果树最好。我也知道他现在在责任田里侍弄各种果树苗，嫁接树苗和管理果树的本领在本地区小有名气，常常被一些果树专业户请去指导。他虽然只有小学文化，生性却极聪慧，闲暇时总是对果树栽培专业书籍乐而不疲。他和我坐下喝茶，头头是道娓娓述说各类果树管理的尖端新潮技术，美国怎么怎么了，日本又怎么怎么了，令我大开眼界。

送他走后我就作难了，小院里已经栽下两株樱桃和一株小柿树，剩下的空间无论如何也容纳不下这一捆树苗生存发展了，于是我就开始了甚为困难的抉择。首先淘汰的是桃树，原因是农业合作化前我家拥有一方桃园，那几种美好的桃子的味道至今想起来依然馋涎欲滴，对如今种种好听的新品种实在不敢恭维。杏树随之也被否决了，原因是我家后坡上长过一抱粗的一棵杏树，杏子又是我们这里的土著果品，已无新鲜感觉。最后割舍的是那李子树，这水果红里透紫十分好看，味道却不怎么可口，耐看而耐不得嚼。这样，便留下来四株梨树苗了，我没有种过梨树，我父亲似乎也没有栽过梨树。幼年时记得我们家有一小块地叫作梨园，父亲总是说"后晌割梨园地里的麦子"，或者说"梨园那儿的苞谷旱得撑持不住了水还轮不上浇"。我问过父亲梨园地里为啥没有一株梨树，没有一株梨树为啥把这块地又叫作梨园。父亲说他也不知道其中的缘由，说他从爷爷手里继承下来家业时这块地就被称作梨园，爷爷这么称梨园他也就跟着叫梨园，我在跟着父亲称梨园的同时却多了一份期望，这梨园真要是有几株梨树会多好啊！我们村子里压根儿就没见过谁家种过一棵梨树，我那时候尚不知梨树的叶子是圆的还是长条的。

赶在天黑之前，我就把三株小小的梨树栽在小院里，剩下一株左看右看再也无法插足，便只好栽到围墙外边靠近大路的空地里。遭到淘汰的桃、杏、李子树毅然分送给邻居的小伙子，他们有责任田有果园，我顿然产生了失丢田地以后的某种失落感和生存的狭窄感。

这时候我基本完成了一部长篇小说的构思和准备工作，就要开始草拟，不料母亲却大病始发，整整一个冬天都奔波在医院和家园之间，难得进入创作的沉心静气状态，便推后到次年春季。

草稿本子上记下的草拟开工的日子是四月一日，其时梨树苗儿已经绽出新叶，四株全部成活，显示出勃勃的生命的苗壮气势。我便在写作困倦想抽一口烟时走到小院里，在这一株旁边蹲一会儿，在那一株跟前站一站，数一数叶子增加了几片，心头恬静得如同抚摸着小儿头上的黄毛。梨树周围是坚决不能容忍一株杂草的，几乎每天早晨都能发现刚刚拱出地皮的草芽，我随手便用一把锋利的挖铲连根刨出来……到了秋天落叶时，我竟然有一缕不忍落去的依恋，然而看着这梨树由小拇指加粗到大拇指粗，从齐我胸高一下子冒过我的头顶，一年里长高了一米多，而且四周抽出几条旁枝，初具树形了，我就真切地惊叹这绿色生命的伟力了。

当春风又一次吹绿万物，我的梨树也应时发出新芽绽出绿叶。我已不再惊讶和好奇，而是以一种沉稳踏实的心境开始盘算，到今年秋天它们肯定要冒过围墙了，树干也会加粗到擀面杖一般了。去年冬天到来时，我给它们的根部埋下了充足的有机肥料，整年生长发育的养分都会绰绰有余。

意外的挫折使我心疼不已。那天我写累了，又抽着烟转悠到梨树跟前，发现地上掉下来几片嫩叶，还有两个小芽尖儿。往树上一看，发现主干刚刚冒出半尺长的新芽尖儿被掐断了，一根朝西的小小分枝的芽尖儿也被掐断了，还有一些嫩叶梗被折断。我大为惊诧，甚为惋惜心疼，便猜想是谁家小孩子弄坏的。可是大门一直关着，孩子不可能翻墙来干这种事的。我就在这幼树上一枝一叶逐渐查证，突然在一片稍大点儿的叶子的背面发现了一只怪物，它不过像一颗扁豆粒儿那么大小，通体绿色，绿得嫩亮亮的，六只左右对称着的复足也是绿色的，纹丝不动趴伏着。我在看见它的一瞬心头掠过一阵恐惧，皮肉收缩而悸颤起来。它的绿色不像梨树的嫩绿唤起人对于生命的礼赞，而切实让我感到了阴冷鬼祟和毛骨悚然。我虽然自小生长在农村，自以为天上飞的地上跑的飞禽走兽都可以按家乡习惯叫出名字，这个绿色的怪物却系头一遭发现。我斗胆用手去捉它，刚刚触及树叶，那怪物就自动掉下来，在地上跑得好快，我一脚便把它踩得灰飞烟灭了。在它从树上自动坠地时，我发现了它吐出一道细丝，大约是一种自卫的安全坠地的本能，这倒启示我把它与吐丝做网的蜘蛛联系起来：绿蜘蛛。

　　一场你死我活惊心动魄的人蛛大战便由此启幕。我逐树逐枝逐叶一一检查，发现了绿蜘蛛，便用一根树棍儿轻轻敲击一下树叶，那怪物故技重演坠到地上，我便跟上一脚将它消灭。我得意于我对它的战略战术的成功，却不料发生了问题，在东墙角的梨树上一敲，那怪物没有弹到地上而是弹到另一片树叶上，然后就在绿叶中哧溜哧溜逃窜，搞得我眼花缭乱而终于丢掉了目标。好在就这么一棵小树，没有几根分枝，从头再侦察起来。到我终于再发现它的诡秘的行踪，便忘记了它可能身蕴毒汁，一把抓上去，连同那片绿叶都揉碎在掌心了。

　　整死了绿蜘蛛我也陷入老大的不自在，这右手的手心总是感到别扭和不舒服。我已经用肥皂洗过三回，没有发红也没发肿，证明那怪物体内尚无蝎子和蛇一样的毒汁。然而我仍然感到极大的不自在，我便坐在小院里抽烟。这绿蜘蛛其实既不食枝也不噬叶，它是咬断芽尖和嫩叶叶梗吸吮树的汁液来养活那绿色肉体的，这未免有点太可恶。我又想了，我未栽梨树的时候，这种怪诞的昆虫从未发现过，梨树刚刚栽下一年，它就出现了，或者说它就来了。那么，它是打哪儿来的？也许它的卵在我朋友的苗圃里就附着在小干上或根部，而它是专门以梨树汁液为生的寄生虫却确定无疑。我也就明白了，世上有多少种禾苗多少种花草多少种树木，就会有多少种专门以各种禾苗各种花草各种树木的叶、汁甚至干为生存依托的寄生物，不必惊诧。

我后来便不再愤愤更不惊诧了，在写作间隙里转到小院来捕杀绿蜘蛛，常常使我疲惫的神经亢奋起来，然后又沉心静气地拔出钢笔写作。整个春天和夏天都在进行着这种习以为常的间断性的战争，四株梨树在我的游戏似的战斗保护下蓬蓬勃勃生长起来，四棵中生长最慢的一棵也有擀面杖那么粗了。

到第三个年头的春天到来时，门外的那一株成熟了，当嫩芽开始在枝上逐渐膨胀肥大起来的时候，我发现有四五个芽苞几倍于普通的芽苞，我突然想到这是花苞而不是芽苞。果然，那包裹着花苗的胞衣在那天夜里自然破裂了，蹦出一束花蕾来。我更加警惕地监视绿蜘蛛的出现，绝不能让它危害第一茬儿花朵。花儿绽开了，是在夜里。早晨我推开大门时就瞅见绿叶之间点缀的那几束白花，心都微微悸颤了。

绿蜘蛛果然出现了，而且又发现了一种灰褐色的蜘蛛。比起绿蜘蛛来，这种灰褐色的蜘蛛就显得太平常太土老帽了，它与普通的蜘蛛似乎无大的差异，只是个儿很小；普通的常见的蜘蛛凭自己天才的织网本领捕捉昆虫为生存手段，而这种灰褐色的蜘蛛却和那种绿蜘蛛一样，以吸吮梨树汁液来养肥壮大自身，它吐出的丝不是为织网而是作为潜逃保命的护身宝器，本质的差异就在这里，作为人类的我们判定它们为益虫或害虫的分界也在这里，绿蜘蛛、褐蜘蛛的生存和发展是以残害梨树为生存条件的，而且是一种无可改变的生性本能。

在我严密的监视下，七束梨花完成了授粉而终于凋谢了，花心里托出一枚小小的豆粒大小的青色小梨。我竟然一时不敢相信，这小不点儿日后果真能长成一只拳头大的黄灿灿的梨子？在我的疑惑尚未解除的时候，突然发现，那些小青果的果梗全部被咬伤而干死了。我搞不清是绿蜘蛛咬的，还是褐蜘蛛咬的，反正是咬了，却又没把那梗咬断，依然支撑着，可能是那梗把儿比嫩芽坚硬吧？它把梗咬破吮咂了汁液就达到目的了。我一枚一枚揪下已经干死的豆粒大的小梨，心头涌出的不单是愤怒，还有对自己过失的内疚。反省之后的重大举措就是动用化学武器。我向邻居借来喷洒农药的器械，十毫升灭虫剂就把四棵梨树喷洒得药水滴答，蜘蛛们无论绿的还是褐色的全都毙命——树大叶密了，凭眼睛瞅瞄凭手抓脚踩已经是费力而难以收效的笨事了。

终于又等到梨树开花！

靠近北边围墙的那一棵长得最健壮的梨树，花儿开得好繁，头一次开花就如此繁盛却是出乎预料。金色的蜜蜂在花朵上嗡嗡缭着绕着亲吻着，在白色的花瓣上起落蠕扭，我居然嫉妒起那小精灵如此亲近我的梨花仙子的举动了。我在放下笔点燃烟以后，便走出房间在这棵梨树下站一站，又转到那一棵梨树下站一站，尽管这棵只开了一束五朵花，也值得看，然后又走出大门站在第二次开花的这棵梨树旁边，它也是满树雪片一样的白花。悠悠的花香沁人心脾，嗡嗡的蜂声柔声蜜语，我忽然从心头飘出一句悠扬的歌：正当梨花开遍了天涯……

我时刻也不敢忘记那绿的褐的蜘蛛。我按捺着不敢动用化学武器，唯恐杀伤采花酿蜜同时也替我的梨树完成授粉的蜜蜂。待到花色呈现衰败花心已现出麦粒大小的梨子的时候，我便又动用了化学武器。而且根据去年积累的经验，二十天喷洒一次，不等前次喷洒的药力消失，这一次又喷上树叶了。这一年，狡猾而阴毒的绿蜘蛛、褐蜘蛛都没有构成大的危害。我胜利了。

这一年难以忘记，就在梨花开放的前一周，我把那部长篇小说的手稿交给了北京来的高、洪两位先生。交给他们的时候，我心里涌到唇边一句话：我连生命一起交给你们了。考虑这话会对他们构成心理压迫，我终于忍住不说。

我真正进入一种闲适的轻松状态，像负重远行走到尽头卸下了负载，而这负载又是精神的。我在小院里铺就一方砖地，垒起一个小小的石桌，砖地上可以放置一把竹编躺椅和一只竹编矮凳。天气渐渐热起来，我早晨喜欢躺在竹躺椅上喝茶，晚上更喜欢躺在这里独斟独饮"西凤"。太阳从东边移向西边，月亮也随其后从东边的原顶沉入西边的原坡，灞河里涨起的湿润的水汽则不管阴阳转换一直滋润人的肺腑。我躺在竹椅上，看着那从花瓣里分离出来的小梨渐渐膨胀，栗子大了，核桃大了，鸡蛋大了，又渐渐呈现出大头细尾的形状了。这么小小的一棵树上，居然长成了近五十个梨子，果梗终于承受不住不断长大的梨子的重负而变弯了，梨子便一个个头颅下垂吊在树上。乡邻们发现了我的梨树上的奇观，接二连三来参观，纷纷感叹"咱们这地方还是可以种梨树的嘛"。

梨子的颜色由深绿渐渐褪色为浅绿，而终于透出淡黄来，我知道它成熟了，怎么也舍不得把它摘下来，破坏了这一方风景。我总是想，如若摘去了梨，我躺在竹椅上看到的将会是怎样空落的梨树？每当村里有乡邻来看稀罕，我就只摘下一两个，用刀切了让大伙品尝，都说是酥脆水大甜香……直到剩下的梨子成熟过度而自己往下掉时，我才把它们摘了。我的那位送来梨树苗的朋友教导我说，梨子熟了就要摘，摘了好让梨树歇息下来，要不就会影响明年收成，我大为惊讶。

这年冬天我进城住了，小院的大门便永久性地锁上了，连同我的家园和我的梨树。我一去便陷入了一种无序的忙乱之中，常常几个月不能回乡下的家。到我夏天终于抽暇回家打开大门时，天哪，擀杖粗的蒿子被风吹倒匍匐在院子里，过道也被堵得走不过去。最悲哀的是梨树，不要说挂果了，芽芽叶叶被咬断得七零八落，真个是疮痍满身，可见绿蜘蛛、褐蜘蛛以怎样的疯狂和得意对我进行了报复。

今年初春，我依然搅缠在纷纷纭纭的杂事之中而不能脱身，看到城市街树绿了，便想着家园里的梨树也该绿了，花苞也该开绽了，何时再能得到早晨起来看见袅袅娜娜的白衣仙女的惊喜？遂成一阕拙词——《阳关引·梨花》：

　　春风撩拨久，梨花一夜开。露珠如银，纤尘绝。晨光里，看团团凝脂，恰冰清玉澈。四年矣，终究等到清明节。

　　便手舞足蹈，歌一阕。自信千古，有耕耘，就收获。依旧谢浮华，还过愚人节。花无言，魂系沃土香益烈。

家有斑鸠

住到乡下老屋的第一个早晨，刚睁开眼，便听到"咕咕—咕咕"的鸟叫声。这是斑鸠。虽然久违这种鸟叫声，却不陌生，第一声入耳，我便断定是斑鸠，不由得惊喜。

披上衣服，竟有点迫不及待，悄声静气地靠近窗户，透过玻璃望出去，后屋的前檐上，果然有两只斑鸠。一只站在瓦楞上，另一只围着它转着，一边转着，一边点头，发出"咕咕咕咕"的叫声。显然是雄斑鸠在向雌斑鸠求爱，颇为绅士，像西方男子向所爱的女子鞠躬致礼，"咕咕咕"的叫声类似"我爱你"的表白。

这是我回到乡下老屋的第一个早晨看见的情景。一个始料不及的美妙的早晨。

六年前的大约这个时节，我和文学评论家王仲生教授住在波士顿城郊他的胞弟家里。尽管这座三层小洋楼宽敞舒适，我和王教授还是更喜欢站着或坐在后院里。后院是一片绿茸茸的草坪，有几种疏于管理的花木。这一排房子的后院连着后面一排小楼房的后院，中间有一排粗大高耸的树木分隔。树木的枝杈上，栖息着毋宁说侍立着一群鸟儿。一种通体黑色的梭子形状的鸟，在人刚开开后门走到草坪边的时候，梭子黑鸟便从树枝上飞下来，落在草坪上，期待着人撒出面包屑或什么吃食。你撒了吃剩的面包屑或米粒儿，它们就在你面前的草地上争食，甚至大胆地跳到人的脚前来。偶尔，还会有一只两只松鼠不知从哪棵树上蹿下来，和梭子鸟儿在草地上抢夺食物。

我在那个令人忘情的人与鸟兽共处的草坪上，曾经想过在我家的小院里，如若能有这样一群敢于光顾的鸟儿就好了。近年来我们的经济成就令世人瞩目，然而要赶上人家的年生产总值和人均收入的水平，尚需一个较长的时日；然而我们的鸟儿和诸如松鼠的小兽敢于到居民的阳台和农民的小院来觅食，却是不需花费财力物力的事，只需给鸟儿和兽儿一点人道和爱心就行了。然而实际想来，实现这样人鸟、人兽共存共荣的和谐景象，恐怕也不是短时间的事。

飞翔在我们天空的鸟儿和奔驰在我们山川里的兽儿，对人的恐惧和绝对的不信任是一个基本的事实。我们把爱鸟爱兽作为一个普遍的社会意识来提倡，不过是十来年间的事。我们把鸟儿兽儿作为美食作为美裳作为玩物作为发财的对象而心狠手狠的年月，却无法算计。我能记得和看到的，一是一九五八年对麻雀发动的全民战争，麻雀虽未绝种，倒是把所有飞翔在天空的各色鸟儿吓得肝胆欲裂，它们肯定会把对人的恐惧和防范以生存戒律传递给子子孙孙。再是种种药剂和化肥，杀了害虫长了庄稼，却把许多食虫食草的鸟儿整得种族灭绝。更不要说那些利欲熏心丧尽良知的捕杀濒临灭绝的珍禽异兽者。我曾瞎猜过，能够存活到今天的鸟类、兽类，肯定具备一组特别优秀的专司提防、警惕人类伤害的基因。不然，早该在明枪暗弓以及五花八门的机关和陷阱里灭绝了。

还是说我家的斑鸠。

我有记事能力的时候就认识并记住了斑鸠，像辨识家乡的各种鸟儿一样，不足为奇。斑鸠在我的滋水家乡的鸟类中，是最朴拙最不显眼近乎丑陋的一种鸟。灰褐色的羽毛比不得任何一种鸟儿，连麻雀的羽翅上的暗纹也比不得。没有长喙和高足，比不得啄木鸟和鹭鸶。没有动人的叫声，从早到晚都是粗浑单调的"咕咕咕—咕咕咕"的声音。它的巢也是我所见过的鸟窝中最简单最不成形的一种，简单到仅有可以数清的几十根柴枝，横竖搭置成一个浅浅的潦草的窝。小时候我站在树下，可以从窝的底部的缝隙透见窝里有几枚蛋。我曾经在二十世纪六十年代的小学课文上看到过以斑鸠为题编写的课文，说斑鸠是最懒惰的鸟，懒得连窝也不认真搭建，冬天便冻死在这种既不遮风亦不挡雨的窝里。

然而，整个二十世纪八十年代到九十年代初，我住在祖居的老屋读书写字，没有看见过一只斑鸠。尽管我搞不清斑鸠消亡的原因，却肯定不会是如童话所阐述的陋窝所致，倒是倾向于某种农药或化肥的种类性绝杀。这种普通的毫不起眼的鸟儿的绝踪，没有引起任何村人的注意。我以为在家院的周围再也看不到斑鸠了。

斑鸠却在我重返家乡的第一个清晨出现了，就在我的房檐上。

我便轻手开门，怕惊吓了它。它还是飞走了。

我朝院中的空地上撒一把小米，或一把玉米糁子，诱使它到小院里来啄食。

初始，无论我怎样轻手蹑足开门走路，它一发现我从屋内走到院中，"扑棱"一声就从屋脊或围墙上起飞了，飞入高高的村树上去了。我仍然往小院里撒抛米谷。直到某一日，我开开门出来，两只斑鸠突然从院中飞起，落到房檐上，还在探头探脑瞅着院中尚未吃完的谷米。我的心里一动，它终于有胆子到院内落脚啄食了，这是一次突破性的进展。

我和斑鸠的关系获得令人振奋的突破之后，随之便是持久的停滞不前。斑鸠在房檐在房脊在院墙上栖息追逐，似乎已经放心无虞。然而有我在场的时候，它们绝不飞落到院里来啄食，无论我抛撒的米谷多么富于诱惑。有几次我从室内的窗玻璃前窥视到斑鸠在院中啄食米谷的情景，当我一出门，它们便惊慌地飞上房顶。这一刻，我清醒地意识到，它还不完全是我家的斑鸠。

要让斑鸠随心无虞地落到小院里，心里踏实地啄食，在我的眼下，在我的脚前，尚需一些时日。

我将等待。

告别白鸽

老舅到家里来，话题总是离不开退休后的生活内容，谈到他还可以干翻扎麦地这种最重的农活儿，就是一副很自豪的神情；养着一只大奶羊，早晨起来挤下羊奶煮熟和孙子喝了，孙子去上学，他则牵着羊到坡地里去放牧，挺诱人的一种惬意的神色；说他还养着一群鸽子，到山坡上放羊时或每月进城领取退休金时，顺路都要放飞自己的鸽子。我禁不住问："有白色的没有？纯白的？"

老舅当即明白了我的话意，不无遗憾地说："有倒是有……只有一对。"随之又转换成愉悦的口吻："白鸽马上就要下蛋了，到时候我把小白鸽给你捉来，就不怕它飞跑了。"老舅大约看出我的失望，继续解释说："那一对老白鸽你养不住，咱们两家原上原下几里路，它一放开就飞回老窝里去了。"

我就等待着，并不焦急，从产卵到孵化再到幼鸽独立生存，差不多得两个月，急是没有用的。我那时正在远离城市的乡下故园里住着读书写作，大约七八年了，对那种纯粹的乡村情调和质朴到近乎平庸的生活，早已生出寂寞，尤其是陷入那部长篇小说的写作以来的三年。这三年里我似乎在穿越一条漫长的历史隧道，仍然看不到出口处的亮光，一种劳动过程之中尤其是每一次劳动中止之后的寂寞围裹着我，常常难以诉述，难以排解。我想到能有一对白色的鸽子，心里便生出一缕温情一方圣洁。

出乎我意料的是，一周没过，舅舅又来了，而且捉来了一对白鸽。面对我的欣喜和惊讶之情，老舅说："我回去后想了，干脆让白鸽把蛋下到你这里，在你这里孵出小鸽，它就认你这儿为家咧。再说嘛，你一年到头闷在屋里看书呀写字呀，容易烦。我想到这一层就赶紧给你捉来了。"我看着老舅的那双洞达豁朗的眼睛，心不由怦然颤动起来。

我把那对白鸽接到手里时，发现老舅早已扎住了白鸽的几根羽毛，这样被细线捆扎的鸽子只能在房屋附近飞上飞下，而不会飞高飞远。老舅特别叮嘱说，一旦发现雌鸽产下蛋来，就立即解开它翅膀上被捆扎的羽毛，此时无须担心鸽子飞回老窝去，它离不开它的蛋。至于饲养技术，老舅不屑地说："只要每天早晨给它撒一把苞谷粒儿……"

我在祖居的已经完全破败的老屋的后墙上的土坯缝隙里，砸进了两根木棍子，架上一只硬质包装纸箱，纸箱的右下角剪开一个四方小洞，就把这对白鸽放进去了。这幢已无人居住的破落的老屋似乎从此获得了生气，我总是抑制不住对后墙上的那一对活泼泼的白鸽的关切之情，没遍没数儿地跑到后院里，轻轻地撒上一把玉米粒儿。起始，两只白鸽大约听到玉米粒落地时特异的声响，挤在纸箱四方洞口探头探脑，像是在辨别我投撒食物的举动是真诚的爱意抑或是诱饵？我于是走开，以便它们可以放心进食。

终于出现奇迹。那天早晨，一个美丽的乡村的早晨，我刚刚走出后门扬起右手的一瞬间，扑啦啦一声响，一只白鸽落在我的手臂上，迫不及待地抢夺手心里的玉米粒儿。接着又是扑啦啦一声响，另一只白鸽飞落到我的肩头，旋即又跳弹到手臂上，挤着抢着啄食我手心里的玉米粒儿。四只爪子掐进我的皮肉，有一种痒痒的刺疼。然而听着玉米粒从鸽子喉咙滚落下去的撞击的声响，竟然不忍心抖掉鸽子，似乎是一种早就期盼着的信赖终于到来。

又是一个堪称美丽的早晨，飞落到我手臂上啄食玉米的鸽子仅有一只，我随之发现，另外一只静静地卧在纸箱里产卵了。新生命即将诞生的欣喜和某种神秘感，立时就在我的心头漫溢开来。遵照老舅的经验之说，我当即剪除了捆扎鸽子羽毛的绳索，白鸽自由了，那只雌鸽继续钻进纸箱去孵蛋，而那只雄鸽，扑啦啦扑向天空去了。

终于听到了破壳出卵的幼鸽的细嫩的叫声。我站在后院里，先是发现了两只破碎的蛋壳，随之就听到从纸箱里传来的细嫩的新生命的啼叫声。那声音细弱而又嫩气，如同初生婴儿无意识的本能的啼叫，又是那样令人动心动情。我几乎同时发现，两只白鸽轮番飞进飞出，每一只鸽子的每一次归巢，都使纸箱里欢闹起来，可以推想，父亲或母亲为它们捕捉回来了美味佳肴。

我便在写作的间隙里来到后院，写得拗手时到后院抽一支烟，那哺食的温情和欢乐的声浪会使人的心绪归于清澈和平静，然后重新回到摊着书稿的桌前；写得太顺时我也有意强迫自己停下笔来，到后院里抽一支雪茄，瞅着飞来又飞去的两只忙碌的白鸽，聆听那纸箱里日复一日愈加喧腾的争夺食物的欢闹，于是我的情绪由亢奋渐渐归于冷静和清醒，自觉调整到最佳写作心态。

这一天，我再也按捺不住神秘的纸箱里小生命的诱惑，端来了木梯，自然是趁着两只白鸽外出采食的间隙。哦！那是两只多么丑陋的小鸽，硕大的脑袋光溜溜的，又长又粗的喙尤其难看，眼睛刚刚睁开，两只肉翅同样光秃秃的，它俩紧紧依偎在一起，静静地等待母亲或父亲归来哺食。我第一次看到了初生形态的鸽子，那丑陋的形态反而使我更急切地期盼它们的蜕变和成长。

我便增加了对白鸽喂食的次数，由每天早晨的一次到早、午、晚三次。我想到白鸽每天从早到晚外出捕捉虫子，不仅活动量大大增加，自身的消耗也自然大大增加，而且把衔来的最好的吃食都喂给幼鸽了。

说来挺怪的，我按自己每天三餐的时间给鸽子撒上三次玉米粒，然后坐在书桌前与我正在交缠着的作品里的人物对话，心里竟有一种尤为沉静的感觉，白鸽哺育幼鸽的动人的情景，有形无形地渗透到我对作品人物的气性的把握和描述的文字之中。

又是一个美丽的早晨，我在往地上撒下一把玉米粒的时候，两只白鸽先后飞下来，它们显然都瘦了，毛色也有点灰脏有点邋遢。我无意间往墙上的纸箱一瞅，两只幼鸽挤在四方洞口，以惊异稚气的眼睛瞅着正在地上啄食的父亲和母亲。那是怎样漂亮的两只幼鸽哟，雪白的羽毛，让人联想到刚刚挤出的牛乳。幼鸽终于长成了，所有可能发生的意外或不测的担心顿然化解了。

那是一个下午，我准备到河边去散步，临走之前给白鸽撒一把玉米粒，算是晚餐。我打开后门，眼前一亮，后院的土围墙的墙头上，落栖着四只白色的鸽子，竟然给我一种白花花一大堆的错觉。两只老白鸽看见我就飞过来了，落在我的肩头，跳到手臂上抢啄玉米。我把玉米撒到地上，抖掉老白鸽，好专注欣赏墙头上那两只幼鸽。

两只幼鸽在墙头上转来转去，瞅瞅我又瞅瞅在地上啄食的老白鸽，胆怯的眼光如此显明，我不禁笑了。从脑袋到尾巴，一色纯白，没有一根杂毛，牛乳似的柔嫩的白色，像是天宫降临的仙女。是的，那种对世界对自然对人类的陌生和新奇而表现出的胆怯和羞涩，使人顿时生出诸多的联想：刚刚绽开的荷花，含珠带露的梨花，养在深山人未识的俏妹子……最美好最纯净最圣洁的比喻仍然不过是比喻，仍然不及幼鸽自身的本真之美。这种美如此生动，直教我心灵震颤，甚至畏怯。是的，人可以直面威胁，可以蔑视阴谋，可以踩过肮脏的泥泞，可以对叽叽咕咕保持沉默，可以对丑恶闭上眼睛，然而在面对美的精灵时却是一种怯弱。

小白鸽和老白鸽在那幢破烂失修的房脊上亭亭玉立。这幢由家族的创业者修盖的房屋，经历了多少代人的更替而终于墙颓瓦朽了，四只白色的鸽子给这幢风烛残年的老房子平添了生机和灵气，以至幻化出家族兴旺时期的遥远的生气。

夕阳绚烂的光线投射过来，老白鸽和幼白鸽的羽毛红光闪耀。

我扬起双手，拍出很响的掌声，激发它们飞翔。两只老白鸽先后起飞。小白鸽飞起来又落下去，似乎对自己能否翱翔蓝天缺乏自信，也许是第一次飞翔的胆怯。两只老白鸽就绕着房子飞过来旋过去，无疑是在鼓励它们的儿女勇敢地起飞。果然，两只小白鸽起飞了，翅膀扇打出啪啪啪的声响，跟着它们的父母彻底离开了屋脊，转眼就看不见了。

我走出屋院站在街道上，树木笼罩的村巷依然遮挡视线，我就走向村庄背靠的原坡，树木和房舍都在我眼底了。我的白鸽正从东边飞翔过来，沐浴着晚霞的橘红。沿着河水流动的方向，翼下是蜿蜒着的河流，如烟如带的杨柳，正在吐絮扬花的麦田。四只白鸽突然折转方向，向北飞去，那儿是骊山的南麓，那座不算太高的山以风景和温泉名扬历史和当今，烽火戏诸侯和捉蒋兵谏的故事就发生在我的对面。两代白鸽掠过气象万千的那一道道山岭，又折回来了，掠过河川，从我的头顶飞过，直飞上白鹿原顶更为开阔的天空。原坡是绿的，梯田和荒沟有麦子和青草覆盖，这是我的家园一年四季中最迷人最令我陶醉的季节，而今又有我养的四只白鸽在山原河川上空飞翔，这一刻，世界对我来说就是白鸽。

这一夜我失眠了，脑海里总是有两只白色的精灵在飞翔，早晨也就起来晚了。我猛然发现，屋脊上只有一双幼鸽。老白鸽呢？我不由得瞅瞄天空，不见踪迹，便想到它们大约是捕虫采食去了。直到乡村的早饭已过，仍然不见白鸽回归，我的心里竟然是惶惶不安的。这当儿，舅父走进门来了。

"白鸽回老家了，天刚明时。"

我大为惊讶。昨天傍晚，老白鸽领着儿女初试翅膀飞上蓝天，今日　早就飞回舅舅家去了。这就是说，在它们来到我家产卵孵蛋哺育幼鸽的整整两个多月里，始终也没有忘记老家故巢，或者说整整两个多月孵化哺育幼鸽的行为本身就是为了回归。我被这生灵深深地感动了，也放心了。我舒了一口气："噢哟！回去了好。我还担心被鹰鹞抓去了呢！"

留下来的这两只白鸽的籍贯和出生地与我完全一致，我的家园也是它们的家园；它们更亲昵甚至是随意地落到我的肩头和手臂，不单是为着抢啄玉米粒儿；我扬手发出手势，它们便心领神会从屋脊上起飞，在村庄、河川和原坡的上空，做出种种酣畅淋漓的飞行姿态，山岭、河川、村舍和古原似乎都舞蹈起来了。然而在我，却一次又一次地抑制不住发出吟诵：这才是属于我的白鸽！而那一对老白鸽嘛……毕竟是属于老舅的。我也因此有了一点点体验，你只能拥有你亲自培育的那一部分……

当我行走在历史烟云之中的一个又一个早晨和黄昏，当我陷入某种无端的无聊无端的孤独的时候，眼前忽然会掠过我的白鸽的倩影，淤积着历史尘埃的胸脯里便透进一股活风。

直到惨烈的那一瞬，至今依然感到手中的这支笔都在颤抖。那是秋天的一个夕阳灿烂的傍晚，河川和原坡被果实累累的玉米、棉花、谷子和各种豆类覆盖着，人们也被即将到来的丰盈的收获鼓舞着，村巷和田野里泛溢着愉快喜悦的声浪。我的白鸽从河川上空飞过来，在接近西边邻村的村树时，转过一个大弯儿，就贴着古原的北坡绕向东来。两只白鸽先后停止了扇动着的翅膀，做出一种平行滑动的姿态，恰如两张洁白的纸页飘悠在蓝天上。正当我忘情于最轻松最舒悦的欣赏之中时，一只黑色的幽灵从原坡的哪个角落里斜冲过来，直扑白鸽。白鸽惊慌失措地启动翅膀重新疾飞，然而晚了，那只飞在头前的白鸽被黑色幽灵俘掠而去。我眼睁睁地瞅着头顶天空所骤然爆发的这一场弱肉强食、侵略者和被屠杀者的搏杀……只觉眼前一片黑暗。当我再次眺望天空，唯见两根白色的羽毛飘然而落，我在坡地草丛中捡起，羽毛的根子上带着血痕，有一缕血腥气味。

侵略者是鹞子，这是家乡人的称谓，一种形体不大却十分凶残暴戾的鸟。

老屋屋脊上现在只有一只形单影只的白鸽。它有时原地转圈，发出急切的连续不断的咕咕的叫声；有时飞起来又落下去，刚落下去又飞起来，似乎惊恐又似乎是焦躁不安；我无论怎样抛撒玉米粒儿，它都不屑一顾更不像往昔那样落到我肩上来。它是那只雌鸽，被鹞子残杀的那只是雄鸽。它们是兄妹也是夫妻，它的悲伤和孤清就是双重的了。

过了好多日子，白鸽终于跳落到我的肩头，我的心头竟然一热，立即想到它终于接受了那惨烈的一幕，也接受了痛苦的现实而终于平静了。我把它握在手里，光滑洁白的羽毛使人产生一种神圣的崇拜。然而正是这一刻，我决定把它送给邻家一位同样喜欢鸽子的贤，他养着一大群杂色信鸽，却没有白鸽。让我的白鸽和他那一群鸽子合帮结伙，可能更有利生存；再者，我实在不忍心看见它在屋脊上的那种孤单。

它还比较快地与那一群杂色鸽子合群了。

我看见一群灰鸽子在村庄上空飞翔，一眼就能辨出那只雪白的鸽子，欣慰我的举措的成功。

贤有一天告诉我，那只白鸽产卵了。

贤过了好多天又告诉我，孵出了两只白底黑斑的幼鸽。

我出了一趟远门回来，贤告诉我，那只白鸽丢失了。我立即想到它可能又被鹞子抓去了。贤提出来把那对杂交的白底黑斑的鸽子送我。我谢绝了。

又过了一些日子，失掉我的两只白鸽的情感波澜已经平静，老屋也早已复归平静，对我已不再具任何新奇和诱惑。我在写作的间隙里，到前院浇花除草，后院都不再去了。这一天，我在书桌前继续文字的行程，窗外传来了咕咕咕的鸽子的叫声，便撂下笔，直奔后院。在那根久置未用的木头上，卧着一只白鸽。是我的白鸽。

我走过去，它一动不动。我捉起它来，它的一条腿受伤了，是用细绳子勒伤的。残留的那段细绳深深地陷进肿胀的流着脓血的腿杆里，我的心里抽搐起来。我找到剪刀剪断了绳子，发觉那条腿实际已经勒断了，只有一缕尚未腐烂的皮连接着。它的羽毛变成灰黄，头上粘着污黑的垢土，腹部黏结着干涸的鸽粪，翅膀上黑一坨灰一坨，整个儿污脏得难以让人握在手心了。

我自然想到，这只丢失归来的白鸽是被什么人捉去了，不是遭了鹞子。它被人用绳子拴着，给自家的孩子当玩物？或者连他以及什么人都可以摸摸玩玩的？白鸽弄得这样脏兮兮的，不知有多少脏手抚弄过它，却根本不管不顾被细绳勒断了的腿。我在那一刻突然想到，它还不如它的丈夫被鹞子扑杀的结局。

　　我在太阳下为它洗澡，把由脏手弄到它羽毛上的脏洗濯干净，又给它的腿伤敷了消炎药膏，盼它伤愈，盼它重新发出羽毛的白色。然而它死了，在第二天早晨，在它出生的后墙上的那只纸箱里……

辑二

人间温情

父亲的树

又有两个多月没有回原下的老家了。离城不过五十华里的路程,不足一小时的行车时间,想回一趟家,往往要超过月里四十的时日,想来也为自己都记不清的烦乱事而丧气。终于有了回家的机会,也有了回家的轻松,更兼着昨夜一阵小雨,把燥热浮尘洗净,也把心头的腻洗去。

进门放下挎包,先蹲到院子拔草。这是我近年间每次回到原下老家必修的功课。或者说,每次回家事由里不可或缺的一条。春天夏天拔除院子里的杂草,给自栽的枣树柿树和花草浇水;秋末扫落叶,冬天铲除积雪。每一回都弄得满身汗水灰尘,手染满草的绿汁。温习少年时期割草以及后来从事农活儿的感受,常常获得一种单纯和坦然,甚至连肢体的困倦都是别有一番滋味的舒悦。

前院的草已铺盖了砖地,无疑都是从砖缝里冒出来的。两月前回家已拔得干干净净,现在又罩满了,有叶子宽大的草,有秆子颇高的草。有顺地扯蔓的草,吓得孙子旦旦不敢下脚,只怕有蛇。他生在城里，至今尚未见过在乡村土地上爬行的蛇，只是在电视上看过。他已经吓成这个样子，却不断问我打过蛇没有，被蛇咬过没有。乡村里比他小的孩子，恐怕没有谁没见过蛇的，更不会有这样可笑的问题。我的哥哥进门来，也顺势蹲下拔草，和我间间断断说着家里无关紧要的话。我们兄弟向来就是这样，见面没有夸张的语言行为，也没有亲热的动作，平平淡淡里甚至会让生人产生其他猜想，其实大半生里连一句伤害的话从来都没有说过，更谈不到脸红脖子粗的事了。世间兄弟姊妹有种种相处的方式，我们却是于不自觉里形成这种习惯性的状态。说话间不觉拔完了草，堆起偌大一堆。我用竹笼纳了五笼，倒在门前的场塄下，之后便坐在雨篷下说闲话，懒得烧水。幸好还有几瓶啤酒，当着茶饮，想到什么人什么事，有一搭没一搭地聊着。还有一位村子里的兄弟，也在一起喝着扯着闲话。从雨篷下透过围墙上方往外望去，大门外场塄上的椿树支撑到天空。记不清谁先说到这棵树，是说这椿树当属村子里现存的少数几棵最大的树，却引发了我的记忆，当即脱口而出，这是咱伯栽的树。这话既是对哥说的，也是对那位弟说的。按当地习俗，兄弟多的家族，同一辈分的老大，被下辈的儿女称伯，老二被称爸，老三老四等被称大。有的同一门族的人丁超常兴旺，竟有大伯二伯三伯、大爸二爸三爸和大二大三大八大的排列。这里的乡俗很不一般，对长辈的称呼只有一个字，伯、爸、大、叔、妈、娘、姨、舅、爷等，绝对没有伯伯、爸爸、大大、妈妈、娘娘、姨姨、爷爷、舅舅等的重复啰唆……我至今也仍然按家乡习惯称父亲为伯。父亲在他那一辈本门三兄弟里为老大。我和同辈兄弟姐妹都叫一个字：伯。如此说来，这文章的标题该当是：伯的树。

我便说起这棵椿树的由来。大约是"三年困难"时期最困难的一九六〇年或是一九六一年，我正上高中，周日回到家，父亲在生产队出早工回来。肩上扛着镢头，手里攥着一株小树苗。我在门口看见，搭眼就认出是一株椿树苗子。坡地里这种野生的椿树苗子到处都有，那是椿树结的荚角随风飘落，在有水分的土壤里萌芽生根，一年就可以长到半人高的树秧子。这种树秧如长在梯田楞坎的草丛中，又有幸不被砍去当柴烧，就可能长成一棵大椿树；如若生长在坡地梯田里，肯定会被连根挖除晒干当作好柴火，怕其占地影响麦子生长。父亲手里攥着的这根椿树苗子是一个幸运者，它遇到父亲。不是被扔在门前的场地上晒干了当柴烧，而是要郑重地栽植，正经当作一棵望其成材的树了，进入郑重的保护禁区了；也自这一刻起，它虽是普通不过平凡不过的一棵树，却已经有主了。就是父亲。父亲给我吩咐，你去担水。他说着就在我家门前的场塄边上挖坑。树只是个秧儿，无须大坑，三镢头两铁锨就已告成，我也就没有要替父亲动手，而是按他的指令去担水。那时候我们村里吃的是泉水，从村子背后的白鹿原北坡的东沟流下来，清凌凌的，干净无染。泉水在村子最东头，我家在村子顶西边。我挑一回水，最快也需半小时。待我挑水回来，父亲早已挖好坑儿，坐在场塄边儿上抽旱烟。他把树苗置入一个在我看来过大的土坑里。我用铁锨铲土填进坑里，他把虚土踩踏一遍，让我再填，他再踩踏。他教我在土坑外沿围一圈高出地面的土梁，再倒进水去。我遵嘱一一做好，看着土坑里的水一层一层低下去，渗入新填的新鲜土坑里，成活肯定是毫无一丝疑义。父亲又指示我，用酸枣刺棵子顺着那个小坑围成一圈栽起来，再用铁丝围拢固定，恰如篱笆，保护小椿树秧子，防止猪拱牛牴羊啃娃娃掐折。我从场边的柴堆上挑选出一根一根较高的业已晒干的酸枣棵子（这是父亲平时挖坡顺手捡回来的），做着这项防护措施。父亲坐在地上抽烟，看着我做。我却想到，现在属于父亲领地的，除了住房的庄基，就是这块附属于庄基地门前的一小片场地了，充其量有二厘地。下了这个场塄，就是统归集体的土地了。父亲要在他可以自主掌控的二厘场地上，栽种一棵椿树。

我对父亲的一个尤为突出的记忆，就是他一生爱栽树。他是个农民，种玉米种麦子务棉花是他的本职主业，自不必说，而业余爱好就是栽树。我家在河川的几块水地，地头的水渠沿上都长着一排小叶杨树。水渠里大半年都流淌着从灞河里引来的自流水，杨树柳树得了沃土好水的滋养，迎着风如手提般长粗长高。随意从杨树或柳树上折一根枝条，插到渠沿的湿泥里。当年就长得冒过人头了，正如民间说的"三年一根椽，五年长成檩"的速度。二十世纪五十年代中期以前，我的父亲就指靠着他在地头渠沿培植的这些杨树，供给先后考上高小和初中的哥和我的学杂费用。那时的小学高年级，我都是住宿搭灶的学生。父亲把杨树齐根斫下来，卖了椽子，大约七八毛钱一根，再把树根刨出来，剁成小块，晒干，用两只大老笼装了，挑过灞河，到对岸的油坊镇上去卖，每百斤可卖一块至一块两毛钱。我至死都不会忘记五十年代中期的这两项货物——椽子和木柴的市场价格。无须解释原因，它关涉我能否在高小和初中的课堂上继续坐下去。父亲在斫了树干刨了树根的渠沿上，当即就会移栽或插下新的杨树秧或树枝，期待三年后斫下一根椽子卖钱。父亲卖椽卖柴供两个儿子念书的举动无意间传开，竟成为影响范围很宽的事。直到现在，我偶尔遇到一些同里乡党，见面还要感叹几句我父亲当年的这种劳动，甚至说"你伯总算没有白卖树卖柴"的话。不久，农村实行合作化以后，土地归集体，父亲也无树根可刨了。我就是在那一年休了学，初中刚念了一个学期。不过，我那时并不以为休学有多么严重，不过晚一年毕业而已，比起班上有些结婚和得了儿女的同学，我是年龄最小的一个。这是解放后才获得念书机会的乡村学生的真实情况，结婚和生孩子做父母的初一学生每个班都有几个，不足为奇。

我在每个夏天的周日从学校回到家中，便要给父亲的那棵椿树秧子浇一桶水。这树秧长得很好，新发出的嫩枝竟然比原来的干子还粗，肯定是水肥充足的缘由。某一个周六下午我回家走到门口，一眼望见椿树苗新冒出的嫩枝折断了头。不禁一惊，有一种心疼的惋惜。猜想是被谁撞折了，或被哪个孩子掐折了。晚上父亲收工回来吃晚饭时，说是一个七八岁的骚娃（调皮捣蛋的娃）用弹弓打断的。父亲说，娃嘛！就是个骚娃咯。用弹弓耍哩瞄准哩，也不好说他啥。后来就在断折处，从东西两边发出两枝新芽来，渐渐长起来。我曾建议父亲，小树不该过早分权，应该去掉一枝，留下一枝才能长高长直。父亲说，先不急，都让长着，万一哪个骚娃再折掉一枝，还有一枝。父亲给骚娃们留下了再破坏的余地，我就不仅仅是听从了，还有些感动。再说这椿树秧子刚冒出来便遭拦头折断的打击，似乎憋了气，硬是非要长出一番模样来，从侧旁发出的两根新芽更见苗壮，眼见着拔高，竞相比赛一般生机勃勃。父亲怕那细干负载不起茂盛的叶子，一旦刮风就可能折断，便给树干捆绑一根立竿，帮扶着它撑立不倒不折。这椿树便站立住了。无意间几年过去，我高考名落孙山回乡当了民办教师，为生活为前程几多波折，似乎也不太在意它了。这椿树已长得小碗粗了。小碗粗的椿树已经在天空展开枝权和伞状的树冠，却仍然是两根分枝，父亲竟没有除掉任何一根，他说越长越不忍心砍那多余的一根分枝了，就任其自由生长。这椿树得了父亲的宽容和心软，双枝分权的形态就保持下来。直到现在都合抱不拢的大树，依然是对称平衡的双枝撑立在天空，成为一道风景，甚至成为一种标志。有找我的人向村人问路，最明了的回答就是，门口场塄有一棵双权椿树。

到八十年代初始，生活已发生巨大转机，吃饱穿暖已不再成为一个问题的好光景到来时，我已筹备拆掉老朽不堪的旧房换盖新房了，不料父亲得了绝症。他似乎在交代后事，对我说，场塄上那棵椿树，可以伐倒做门窗料。我知道椿树性硬却也质脆，不宜做檩当梁，做门窗或桌椅却是上好木材。父亲感慨，我栽了一辈子树，一根椽子都没给自家房子用过，都卖给旁人盖房子了，把这椿树伐下来，给咱的新房用上一回。我听了竟说不出话，喉头发哽。缓解一阵后，我对父亲说，门窗料我会想办法购买（那时木材属统购物资），让椿树长着。我说不出口的一句话是，父亲留给我的活物，就只剩下这一棵椿树了。不久，父亲去世了，椿树依然蓬勃在门外的场塄上。八十年代初，我随之获得专业写作的机会，索性回到原下老家图得清静，读书写作，还住在遇到阴雨便摆满盆盆罐罐接漏的老屋里，还继续筹备盖房。某一天，有两三个生人到村子里来寻买合适的树，一眼便瞅中了我父亲的这棵椿树，向村人打听树的主人。村人告诉说，那主家自己准备盖房都舍不得伐它，你恐怕也难买到手。买家说可以多掏一些钱，随之找到我，说椿树做家具是好材料，盖房未必好，可以多给一些钱，让我去选购枕木这些上好的盖房材料，并说明他们是做家具买卖的生意人。我自然谢绝了。这是绝无商议余地的事。我即使再不济，也不能把父亲留给我的最后一棵树砍了。这椿树就一直长着，直到现在。每隔一段时日抽空回到老家，到门口第一眼看到的就是这棵椿树，父亲就站在我的眼前，树下或门口；我便没有任何孤独空虚，没有任何烦恼，没有任何腌臜的事能够把人腻死……

我和我哥坐在雨篷下聊着这棵椿树的由来。他那时候在青海工作，尚不清楚我帮父亲栽树的过程。他在"大跃进"的头一年应招到青海去了，高中只学了一年就等不得毕业了，想参加工作挣钱了。其实，还是父亲在这时候供给着两个中学生，可以想见其艰难。我是依靠着每月八元的助学金在读书，成为我一生铭记国家恩情的事。"大跃进"的严重后果很快呈现。青海兴建的厂矿和学校纷纷下马关门。哥和许多陕西青年一样无可选择又回到老家来，生产队新添一个社员。哥听了我的介绍，却纠正我说，这椿树还不是最老的树，父亲栽的最老的树要算上场里地角边的皂荚树。那是刚刚解放的五十年代初，我们家诸事不顺，我身后的两三个弟妹早夭，有一个刚生下六天得一种"四六风症"死去，有一个妹妹和一个弟弟都长到三四岁了，先后都夭亡了。家养一头黄牛，也在一场畜类流行瘟疫里死了。父亲惶恐里请来一位阴阳先生，看看哪儿出了毛病。那阴阳先生果然神奇，说你家上场祖坟那块地的西北角太空了，空了就聚不住"气"。邪气就乘虚而入了。父亲吓得不知如何是好，急问如何应对如何弥补。阴阳先生说，栽一棵皂荚树。并且解释，皂荚树的皂荚可以除污去垢，而且树身上长满一串串又粗又硬的尖刺，更可以当守护坟园的卫士。父亲满心诚服，到半坡的亲戚家挖来一株皂荚树秧子，栽到上场祖坟那块地的西北角上。成活了也长大了，每年都结着迎风撞响的皂角儿。这皂荚树其实弥补得了多少空缺是很难说的，因为后来家里也还出过几次病灾，任谁都不会再和阴阳先生去验证较真了。这儿却留下一棵皂荚树，父亲的树，至今还长着，仍然是一年一树繁密的皂角儿，却无人摘折了，农民已经不用皂角洗涤衣服，早已用上肥皂、洗衣粉之类的。哥说了父亲的这棵皂荚树，我隐约有印象，不如他清楚，我那时不太在心，也太小。现在，在祖居的宅院里，两个年过花甲的兄弟，坐在雨篷下，不说官场商场，不议谁肥谁瘦，也不涉水涨潮落，却于无意中很自然地说起父亲的两棵树。父亲去世已经整整二十五年，他经手盖的厦屋和他承继的祖宗的老房都因朽木蚀瓦而难以为继，被我拆掉换盖成水泥楼板结构的新房了，只留下他亲手栽的两棵树还生机勃勃，一棵满枝尖锐硬刺儿的皂荚树，守护着祖宗的坟墓陵园；一棵期望成材作门窗的椿树，成为一种心灵感应的象征，撑立在家院门口，也撑立在儿子们心里。

每到农历六月，麦收之后的暑天酷热，这椿树便放出一种令人停留贪吸的清香花味，满枝上都绣集着一团团比米粒稍大的白花儿，招得半天蜜蜂，从清早直到天黑都嗡嗡嘤嘤的一片蜂鸣，把一片祥和轻柔的吟唱撒向村庄，也把清香的花味弥漫到整个村庄的街道和屋院。每年都在有机缘回老家时闻到椿树花开的清香，陶醉一番，回味一回，温习一回父亲。今年却因这事那事把花期错过了，便想，明年一定要赶在椿树花开的时日回到原下，弥补今年的亏空和缺欠。那是父亲留给这个世界也留给我的椿树，以及花的清香。

旦旦记趣

外孙取名旦旦，已经长到两岁半，常有"惊人"之语出口。每每听到，先是猝不及防，随之便捧腹，或忍不住而喷饭，且不能忘。

他很贪玩，几乎没有片刻的闲静，即使吃饭，仍然是手不闲脚亦不停。这时候，我便哄他说，你不好好吃饭，屁股上都没肉啦！顺手便捏一捏他的小屁股；再鼓励一番，好好吃肉，屁股上就长肉啦。他便真听了话，张口接住他妈妈递到嘴边的一块肉，刚嚼了两下，估计还未嚼碎，便急忙咽下，跑过来，背过身，撅起小屁股："爷爷你再摸一下，看看长肉了没有？"在一家人的哄笑声中，我只好将错就错："长了长了！再吃再长！"我亦忍不住笑，这才叫立竿见影！

旦旦吃了一块豆腐，蹦过来，转过身，又一次撅起小屁股，认真地说："爷爷你再摸一下，看看屁股上长豆腐了没？"哇！一家人全部放下碗，停住筷子，笑得前仰后合。

然后就没完没了。一次连一次地重复如前的动作和姿势，一次比一次更加认真地问：

爷爷你再摸一下，屁股上长蘑菇了没？

爷爷你再摸一下，屁股上长木耳了没？

我已经再没劲儿笑了，无可奈何地对他说，旦旦的屁股成了副食超市了。

有一天，我要上班了，照例先和旦旦说再见，然后就走到门口。旦旦却急了，从沙发上跳下来，鞋也顾不得穿，光着脚跑过来，边跑边喊，爷爷别走爷爷别走。我就站住安慰他。他却盯着我喊：爷爷我送你。我也就释然，还以为他缠住我不让出门呢。我拉开门，他先蹦了出去，站在楼梯口，伸出一只小手来。我尚弄不明白他要做什么，就牵住他的手引他进门回屋。小家伙抽回手去，甩了几下，又伸到我面前。我女儿终于明白了，提示我说，他要跟你握手送别呢。我恍然醒悟，随即弯下腰伸出手去，攥住他的小手。他却当即跳着蹦着，另一只手像翅膀一样上下扇着，嘴里连续丢出一串话来："再见！拜拜！巴尼哈！那就这！"

我对于这突如其来的发挥毫无心理准备。旦旦表演完毕。向我摇摇手，又跑回屋里沙发上去了。我走下楼梯走过楼院走出住宅区的大门，心里还一直在想着。"再见"和再见的英语口语"拜拜"他早都会说了，自然是他爸爸妈妈教的。"巴尼哈"是维吾尔语"再见"的意思，肯定是他奶奶教给他的。我和老伴今年夏天去了一趟新疆，就学会了这么一句维吾尔语的"再见"。这些当然都不足为奇，奇就奇在"那就这"从何而来，谁教给他的？

想想也不难破译。家里来了人，说完了事，送客人出门，握手告别时我常习惯说"那就这"。意思是我们说过的事就这样了。不仅如此，打完电话时，我也习惯说一句："那就这，再见。"这娃娃不知观察了多少次我的举动和说话，终于和我要来表演一回了。

从这天开始，这样的握手告别仪式就成为必不可缺的铁定的程序，我一天出几次门，就有几次这样的表演仪式，地点也必须是门外的楼梯口。有一次因事急我匆匆开门出去，走到楼下，从窗户里传出旦旦的哭声，哭声不仅大而强烈，且很悲伤。我感到了一种他被轻视了的伤心，我犹豫一下，还是反身回家，弥补了那个握手告别的仪式。他的脸蛋上挂着泪珠，仍然把小手递到我手里，蹦着跳着，左胳膊还是小鸟翅膀一样上下扇动着，哽咽着却一字不漏地说完"再见……拜拜……巴尼哈……那就这"。

旦旦学骑小三轮车几乎无师自通，哪怕是车子可以擦轴而过的狭窄过道，他都可以骑过去。旦旦对我说，爷爷我到北京去了，说罢便踩动车轮钻进另一间房子去了。不一会儿，旦旦又转回来：爷爷我到上海去了。说罢又钻入第三间屋子。我的三室住房加上厨房，不时变换着中国十几个城市的名字，大都是我或家人出差去过的城市。因为去某个城市的时间和回来之后的一段日子，家人总是说那些城市的见闻和观察。旦旦便在谁也不留意他的时候记住了这些城市的名字，而且被他骑车一日几次地往返了。

旦旦睡觉了，家里便恢复了安静。他的一双小鞋却丢在我房间的床边，我总是在看见那一双小鞋时忍不住怦然心动。我说不清什么原因，似乎也没有什么关于鞋的往事的参照或触发，反正看见那双脱下的小鞋时心里就怦然一动，甚至比看见他穿着鞋跑来跑去更加富于诱惑。

回到家，迎上前来打招呼的总是旦旦。这时候，无论什么顺心的事和烦恼的事甚至令人窝火的事，全都在旦旦的无序的话语里化解了。说宠辱皆忘说心静如水似乎都不大恰切，只是觉得自己就是一个爷爷了。

秋收过后，我带着旦旦回到老家乡村。今年夏天雨水好，秋粮得到了近来少有的好收成，村巷里的椿树槐树皂荚树树杈上，架着一串串剥光了皮壳的玉米棒子，橙黄鲜亮的。这虽然是我自小就看惯了的家乡的最亮丽最惹眼的风景，依然抑制不住对于丰收果实的那种诗意的感受。旦旦也激动起来，扬起两条小胳膊，睁大惊异的眼睛欢呼起来：啊呀！这么多的香蕉呀……

旦旦的惊人之举引来哄然大笑。他奶奶、他妈妈和周围的乡亲都笑了。我笑过之后，便不由得感慨。这孩子生在城里，长在城里，两岁半了，第一次看见玉米棒子，把形状类似的香蕉就联想起来混淆一起了。我的三个儿女，包括旦旦的妈妈，都生长在这祖传的乡间老屋里，他们生在"文化大革命"的非常时期，也是我的生活最困窘的时期，香蕉无异于天国的神果，他们正好可能把香蕉当作玉米棒子。香蕉在现时的乡村，已经不是什么稀奇的水果，乡村小镇和马路边的小店散摊，都摆着一堆堆零售的香蕉，肯定不会有农村孩子再把它当作玉米棒子的笑话发生了。无论大人们怎样开心地调笑，旦旦却早跑到树下，仰起脸盯着树杈上的玉米棒子，跳着叫着要摘下"香蕉"来。

两岁半的旦旦，大约正处于人生的混沌状态，什么都要问，却什么也懂不了；什么都感觉新鲜，过眼之后便兴味索然；什么人的什么话都可以不听，一味固执于自己当时的兴趣；什么行动和动作都想去模仿，结果是毫不在意地又丢弃了。我可以看到一个人成长过程中两岁半这个年龄区段里的全部可爱，混沌的可爱。不必作任何意义上的猜想和推测，两岁半的混沌形态容不得意义，因为它本身属于无意义的自然形态。

这个年龄区段的混沌可能很短暂。因为在两岁的时候，旦旦还不是这样的形态。半岁的变化有点急骤，两岁时说不出的浑话和做不出的行为动作，到两岁半时就都发生了。那么我就猜想，再过半岁呢？到了三岁时，该是从混沌状态走出来而踏入半混沌半清明的状态了吗？他在蜕去一半混沌的同时，还能保持那一份憨态的可爱吗？

　　猜测那混沌状态的可能消失，依依着那混沌状态的全部可爱，我便打算用笔记下来。我的记性已经很差，无疑是老年的生理特征的显现。想到生命的衰落生命的勃兴从来都是这样的首尾接续着，我便泰然而乐。

晶莹的泪珠

　　我手里捏着一张休学申请书朝教务处走着。

　　我要求休学一年。我写了一张要求休学的申请书。我在把书面申请交给班主任的同时，又口头申述了休学的因由，发觉口头申述因为穷而休学的理由比书面申述更加难堪。好在班主任对我口头和书面申述的同一因由表示理解，没有经历太多的询问便在申请书下边空白的地方签写了"同意该生休学一年"的意见，自然也签上了他的名字和时间。他随之让我等一等，就拿着我写的申请书出门去了，回来时那申请书上就增加了校长的一行签字，比班主任的字签得少自然也更简洁，只有"同意"二字，连姓名也简洁到只有一个姓，名字略去了。班主任对我说："你现在到教务处去办手续，开一张休学证书。"

　　我敲响了教务处的门板。获准以后便推开了门，一位年轻的女先生正伏在米黄色的办公桌上，手里提着长杆蘸水笔在一厚本表册上填写着什么，并未抬头。我知道开学报名时教务处最忙，忙就忙在许多要填写的各式表格上。我走到她的办公桌前鞠了一躬："老师，给我开一张休学证书。"然后就把那张签着班主任和校长姓名和他们意见的申请递放到桌子上。

她抬起头来，诧异地瞅了我一眼，拎起我的申请书来看着，长杆蘸水笔还夹在指缝之间。她很快看完了，又专注地把目光留滞在纸页下端班主任签写的一行意见和校长更为简洁的意见上面，似乎两个人连姓名在内的十来个字的意见批示，看去比我大半页的申请书还要费时更多。她终于抬起头来问：

"就是你写的这些理由吗？"

"就是的。"

"不休学不行吗？"

"不行。"

"亲戚全都帮不上忙吗？"

"亲戚……也都穷。"

"可是……你休学一年，家里的经济状况也不见得能改变，一年后你怎么能保证复学呢？"

于是我就信心十足地告诉她我父亲的精确安排计划：待到明年我哥哥初中毕业，父亲谋划着让他投考师范学校，师范生的学杂费和伙食费全由国家供给，据说还发三块钱零花钱。那时候我就可以复学接着念初中了。我拿父亲的话给她解释，企图消除她对我能否复学的疑虑："我伯伯说来，他只能供得住一个中学生；俺兄弟俩同时念中学，他供不住。"

我没有做更多的解释。我的爱面子的弱点早在此前已经形成。我不想再向任何人重复叙述我们家庭的困窘。父亲是个纯粹的农民，供着两个同时在中学念书的儿子。哥哥在距家四十多里远的县城中学，我在离家五十多里的西安一所新建的中学就读。在家里，我和哥哥可以合盖一条被子，破点旧点也关系不大。先是哥哥接着是我要离家到县城和省城的寄宿学校去念中学。每人就得有一套被褥行头，学费杂费伙食费和种种花销都空前增加了。实际上轮到我考上初中时已不再是考中秀才般的荣耀和喜庆，反而变成了一团浓厚的愁云忧雾笼罩在家室屋院的上空。我的行装已不能像哥哥那样有一套新被子、新褥子和新床单，被简化到只能有一条旧被子卷成小卷儿背进城市里的学校。我的那一绺床板终日裸露着缝隙宽大的木质板面，晚上就把被子铺一半再盖上一半。我也不能像哥哥那样由父亲把一整袋面粉送交给学生灶，而只能是每周六回家来背一袋杂面馍馍到学校去，因为学校灶上的管理制度规定一律交麦子面，而我们家总是短缺麦子而苞谷面还算宽裕。这样的生活我并未意识到有什么不好，因为背馍上学的学生远远超过能搭得起灶的学生人数。每到三顿饭时，背馍的学生便在开水灶的一排供水龙头前排起五六列长队，把掰碎的各色馍块装进各自的大号搪瓷缸子里，用开水浸泡后，便三人一堆五人一伙围在乒乓球台的周围进餐，佐菜大都是花钱买的竹篓咸菜或家制的腌辣椒，说笑和争论的声浪甚至压倒了那些从灶房领取炒菜和热饭的"贵族阶层"。

这样的念书生活终于难以为继。父亲供给两个中学生的经济支柱，一是卖粮，一是卖树，而我印象最深的还是卖树。父亲自青年时就喜欢栽树，我们家四五块滩地地头的灌渠渠沿上，是纯一色的生长最快的小叶杨树，稠密到不足一步就是一棵，粗的可做檩条，细的能当椽子。父亲卖树早已打破了先大后小先粗后细的普通法则，一切都是随买家的需要而定，需要檩条就任其选择粗的，需要椽子就让他们砍伐细的。所得的票子全都经由哥哥和我的手交给了学校，或是换来书籍课本和作业本以及哥哥的菜票我的开水费。树卖掉后，父亲便迫不及待地刨挖树根，指头粗细的毛根也不轻易舍弃，把树根劈成小块晒干，然后装到两只大竹条笼里挑起来去赶集，卖给集镇上那些饭馆药铺或供销社单位。一百斤劈柴的最高时价为一元五角，得来的块把钱也都经由上述的相同渠道花掉了。直到滩地上的小叶杨树在短短的三四年间全部砍伐一空，地下的树根也掏挖干净，渠岸上留下一排新插的白杨枝条或手腕粗细的小树……

我上完初一第一学期，寒假回到家中便预感到要发生重要变故了。新年佳节弥漫在整个村巷里的喜庆气氛与我父亲眉宇间的那种根深蒂固的忧虑形成强烈的反差，直到大年初一刚刚过去的当天晚上，父亲便说出了谋划已久的决策："你得休一年学，一年。"他强调了一年这个时限。我没有感到太大的惊讶。在整个一个学期里，我渴盼星期六回家又惧怕星期六回家。我那年刚十三岁，从未出过远门，而一旦出门便是五十多里远的陌生的城市，只有星期六才能回家一趟去背馍，且不要说一周里一天三顿开水泡馍所造成的对一碗面条的迫切渴望了。然而每个周六在吃罢一碗香喷喷的面条后便进入感情危机，我必须说出明天返校时要拿的钱数，一元班会费或五角集体买理发工具的款项。我知道一根丈五长的椽子只能卖到一元五角钱，一丈长的椽子只有八角到一元的浮动价。我往往在提出要钱数目之前就折合出来这回要扛走父亲一根或两根椽子，或者是多少斤树根劈柴。我必须在周六晚上提前提出钱数，以便父亲可以从容地去借款。每当这时我就看见父亲顿时阴沉下来的脸色和眼神，同时，夹杂着短促的叹息。我便低了头或扭开脸不看父亲的脸。母亲的脸色同样忧愁，我似乎可以对看；而父亲的脸眼一旦成了那种样子，我就不忍对看或者不敢对看。父亲生就的是一脸的豪壮气色，高眉骨大眼睛，统直的高鼻梁和鼻翼两边很有力度的两道弯沟，忧愁蒙结在这样一张脸上似乎就不堪一睹……我曾经不止一次地产生过这样的念头，为什么一定要念中学呢？村子里不是有许多同龄伙伴没有考取初中仍然高高兴兴地给牛割草给灶里拾柴吗？我为什么要给父亲那张脸上周期性地制造忧愁呢……父亲接着就讲述了他得让哥哥一年后投考师范的谋略，然后可以供我复学念初中了。他怕影响一家人过年的兴头儿，所以压在心里直到过了初一才说出来。我说："休学。"父亲安慰我说："休学一年不要紧，你年龄小。"我也不以为休学一年有多么严重，因为同班的五十多名男女同学中有不少人都结过婚，既有孩子的爸爸，也有做了妈妈的，这在二十世纪五十年代初并不奇怪，解放后才获得上学机会的乡村青年不限年龄。我是班里年龄最小个头最矮的一个，座位排在头一张课桌上。我轻松地说："过一年个子长高了，我就不坐头排头一张桌子咧——上课扭得人脖子疼……"父亲依然无奈地说："钱的来路断咧！树卖完了——"

老师放下夹在指缝间的木制长杆蘸水笔，合上一本很厚很长的登记簿，站起来说："你等等，我就来。"我就坐在一张椅子上等待，总是止不住她出去干什么的猜想。过了一阵儿她回来了，情绪有些亢奋也有点激动，一坐到她的椅子上就说："我去找校长了……"我明白了她的去处，似乎验证了我刚才的几种猜想中的一种，心里也怦然动了一下，她没有谈她找校长说了什么，也没有说校长给她说了什么。她现在双手扶在桌沿上低垂着眼，久久不说一句话。她轻轻舒了一口气，扬起头来时我就发现，亢奋的情绪已经隐退，温柔妩媚的气色渐渐回归到眼角和眉宇里来了，似乎有一缕淡淡的无能为力的无奈。

她又轻轻舒了口气，拉开抽屉取出一本公文本在桌子上翻开，从笔筒里抽出那支木杆蘸水笔，在墨水瓶里蘸上墨水后又停下手，问："你家里就再想不出办法了？"我看着那双带着忧郁气色的眼睛，忽然联想到姐姐的眼神。这种眼神足以使任何被痛苦折磨着的心平静下来，足以使任何被痛苦折磨得心力交瘁的灵魂得到抚慰，足以使人沉静地忍受痛苦和劫难而不至于沉沦。我突然意识到因为我的休学致使她心情不好这个最简单的推理。而在校长、班主任和她中间，她恰好是最不应该产生这种心情的。她是教务处的一位年轻职员，平时就是在教务处做些抄抄写写的事，在黑板上写一些诸如打扫卫生的通知之类的事，我和她几乎没有说过话，甚至至今也记不住她的姓名。我便说："老师，没关系。休学一年没啥关系，我年龄小。"她说："白白耽搁一年多可惜！"随之又换了一种口吻说，"我知道你的名字，也认得你。每个班前三名的学生我都认识。"我的心情突然灰暗起来而没有再开口。

她终于落笔填写了公文函，取出公章在下方盖了，又在切割线上盖上一枚合缝印章，吱吱吱撕下并不交给我，放在桌子上，然后把我的休学申请书抹上糨糊后贴在公文存根上。她做完这一切才重新拿起休学证书交给我说："装好。明年复学时拿着来找我。"我把那张硬质纸印制的休学证书折叠了两番装进口袋。她从桌子那边绕过来，又从我的口袋里掏出来塞进我的书包里，说："明年这阵儿你一定要来复学。"

我向她深深地鞠了躬就走出门去。我听到背后咣当一声闭门的声音，同时也听到一声"等等"。她拢了拢齐肩的整齐的头发朝我走来，和我并排在廊檐下的台阶上走着，两只手插在外套的口袋里。走过一个又一个窗户，走过一个又一个教室的前门和后门，校园里和教室里出出进进着男女同学，有的忙着去注册去交费，有的已经抱着一摞摞新课本新作业本走进教室，还有从校门口刚刚进来的背着被卷馍袋的迟来者。我忽然心情很不好受，在争取到了休学证后心劲松了吗？我很不愿意看见同班同学的熟悉的脸孔，便低了头匆匆走起来，凭感觉可以知道她也加快了脚步，几乎和我同时走出学校大门。

　　学校门口又拥来一拨偏远地区的学生，熟悉的同学便连连问我："你来得早！报过名了吧？"我含糊地笑笑就走过去了，想尽快远离正在迎接新学期的洋溢着欢跃气浪的学校大门。她又喊了一声"等等"。我停住脚步。她走过来拍了拍我的书包："甭把休学证弄丢了。"我点点头。她这时才有一句安慰我的话："我同意你的打算，休学一年不要紧，你年龄小。"

　　我抬头看她，猛然看见那双眼睫毛很长的眼眶里溢出泪水来，像雨雾中正在涨溢的湖水，泪珠在眼里打着旋儿，晶莹透亮。我迅即垂下头避开目光。要是再在她的眼睛里多驻留一秒，我肯定就会号啕大哭。我低着头咬着嘴唇，脚下盲目地拨弄着一块碎瓦片来抑制情绪，感觉到有一股热辣辣的酸流从鼻腔倒灌进喉咙里。我后来的整个生命历程中发生过多少这种酸水倒流的事，而倒流的渠道却是从十四岁刚来到的这个生命年轮上第一次疏通的。第一次疏通的倒流的酸水的渠道肯定狭窄，承受不下那么多的酸水，因而还是有一小股从眼睛里冒出来，模糊了双眼，顺手就用袖头揩掉了。我终于扬起头鼓起劲儿说："老师……我走咧……"

她的手轻轻搭上我的肩头："记住，明年的今天来报到复学。"

我看见两滴晶莹的泪珠从眼睫毛上滑落下来，掉在脸鼻之间的谷地上，缓缓流过一段就在鼻翼两边挂住。我再一次虔诚地深深鞠躬，然后就转过身走掉了。

……

二十五年后，卖树卖树根（劈柴）供我念书的父亲在癌病弥留之际，对坐在他身边的我说："我有一件事对不住你……"

我惊讶得不知所措。

"我不该让你休那一年学！"

我浑身战栗，久久无言。我像被一吨烈性梯恩梯炸成碎块细末儿飞向天空，又似乎跌入千年冰窖而冻僵四肢冻僵躯体也冻僵了心脏。在我高中毕业名落孙山回到乡村的无边无际的彷徨苦闷中，我曾经猴急似的怨天尤人："全都倒霉在休那一年学……"我一九六二年毕业恰逢中国经济最困难的年月，高校招生任务大大缩小，我们班里剃了光头，四个班也仅仅只考取了一个个位数，而在上一年的毕业生里我们这所不属重点的学校也有百分之五十的学生考取了大学。我如果不是休学一年当是一九六一年毕业……父亲说："错过一年……让你错过了二十年……而今你还算熬出点名堂了……"

我感觉到炸飞的碎块细末儿又归结成了原来的我，冻僵的四肢自如了，冻僵的躯体灵便了，冻僵的心又怦怦怦跳起来的时候，猛然想起休学出门时那位女老师溢满眼眶又流挂在鼻翼上的晶莹的泪珠儿。我对已经跨进黄泉路上半步的依然向我忏悔的父亲讲了那一串泪珠的经历，我称呼伯伯的父亲便安然合上了眼睛，喃喃地说："可你……怎么……不早点给我……说这女先生哩……"

我今天终于把几近四十年前的这一段经历写出来的时候，对自己算是一种虔诚祈祷，当各种欲望膨胀成一股强大的浊流冲击所有大门窗户和每一个心扉的当今，我便企望自己如女老师那种泪珠的泪泉不致堵塞更不敢枯竭，那是滋养生命灵魂的泉源，也是滋润民族精神的泉源哦……

蚕儿

从已经开花的粗布棉袄里撕下一疙瘩棉花，小心地撕开，轻轻地扯大，把那已经板结的棉套儿撕扯得松松软软。摊开，再把铜钱大的一块缀满蚕籽儿的黑麻纸铺上，包裹起来，装到贴着胸膛的内衣口袋里，暖着。在老师吹响的哨声里，我慌忙奔进由关帝庙改成的教室，坐在自个从家里搬来的大方桌的一侧，把书本打开。

老师驼着背，从油漆剥落的庙门口走进来，站住，侧过头把小小的教室扫视一周，然后走上搬掉了关老爷泥像的砖台。教室里顿时鸦雀无声，只有我的邻桌小明儿的风葫芦嗓门里，发出吱吱吱的出气声。

"一年级写大字，三四年级写小字，二年级上课。"

老师把一张乘法表挂在黑板上，用那根溜光的教鞭指着，领我们读起来：

"六一得六……"

我念着，偷偷摸摸胸口，那软软的棉团儿，已经被身体暖热了。

"六九五十四。"

胸口上似乎有毛毛虫在蠕动，痒痒儿的，我想把那棉团掏出来。瞧瞧老师，那一双眼睛正盯着我，我立即挺直了身子……

难以忍耐的期待中，一节课后，我跑出教室，躲在庙后的房檐下（风葫芦说蚕儿见不得太阳），绽开棉团儿，啊呀！出壳了！在那块黑麻纸上，爬着两条蚂蚁一样的小蚕，一动也不动。两颗原是紫黑的蚕籽儿变成了白色，旁边开着一个小洞。我取出早已备好的小洋铁盒，用一根鸡毛把小蚕儿粘起来，轻轻放到盒子里的蒲公英叶子上。再一细看，有两条蚕儿刚刚咬开外壳，伸出黑黑的头来，那多半截身子还卡在壳儿里，吃力地蠕动着。

"叮……"上课的哨儿响了。

"二年级写大字……"

写大字，真好啊！老师给四年级讲课了。我取出仿纸，铺进影格，揭开墨盒……那两条小蚕儿出壳了吧？出壳了，千万可别压死了。

我终于忍不住，掏出棉团儿来。那两条蚕儿果然出壳了，又有三四条咬透了外壳。我取出鸡毛，揭开小洋铁盒。风葫芦悄悄蹿过来，给我帮忙，拴牛也把头挤过来了……

"哐"的一声，我的头顶挨了重重的一击，眼里直冒金星，几乎从木凳上翻跌下去，教室里立时腾起一片笑声。我看见了老师，背着的双手里握着教鞭，站在我的身后。慌乱中，铁盒和棉团儿都掉在地上了。我忍着头顶上火烧火燎的疼痛，眼睛仍然偷偷瞄着扣在地上的铁盒。

老师的一只大脚伸过来，从我坐的木凳旁边伸到桌子底下去了。一下，踩扁了那只小洋铁盒；又一脚，踩烂了包着蚕籽儿的棉团儿……我立时闭上眼睛，那刚刚出壳的蚕儿啊……

老师又走回四年级那第一排桌子的前头去了。教室里静得像空寂的山谷。

放学了，我回到家里，一进门，妈就喊："去，给老师送饭去！"

又轮着我们家管饭了。我没动，也没吭声。

"噢！像是受了罚！"妈妈看着我的脸，猜测说，"保险又是贪耍，不好好写字！"

我仍然立在炕边，没有说话。

妈妈顺手摸摸我额头上的"毛盖儿"，惊奇地睁大了眼睛："啊呀！头上这么大的疙瘩？"她拨开头发，看着，叫着，"渗出血了！这先生，打娃打得这样狠！头顶上敢乱打……"

我的眼泪流下来了。

"不打不成材！"父亲在院子里劈柴，高声说，"学生哪有不挨板子的？"

妈妈叹口气："给老师送饭去。"

"我不去！"

"去！"父亲威严地命令，"老师在学堂，就是父母，打是为你学好！"

我一手提着装满小米稀饭的陶瓷罐，一手提着竹篮，竹篮里装着雪白的蒸馍，菜碟，辣碟，走出了街门。这样白的馍馍，我大概只有在过年过节时才能尝到的。

进了老师住的那间小房子，我鞠了躬，把罐和竹篮放到桌子上，就退出门来，站在门外的土场上等，待老师吃完，再去取……

"来！"从小房里发出一声传呼，老师吃完了。

我进了小房，去收拾那罐儿碟儿。

老师挡住我的手，指着花碟子，说："把这些东西带回去，不准丢掉……"

我一看，那盛过咸菜的花碟里，扔着一块馍，上面夹着没有揉散的碱面团儿；另有稀饭中的一个米团儿，不过指头大，也被老师挑出来。我立时觉得脸上发烧，这是老师对管饭的家长最不光彩的指责……

妈妈看见了，一下子跌落在板凳上，脸色羞愧极了。

父亲瞅着，也气得脸色铁青，一把抓起"展览"着碱团儿和米团儿的花碟子，一扬手，摔到院子里去了。

后晌上学的时候，风葫芦在村口拉住我，慷慨地说："我再给你一块蚕籽儿！"

我心里冷得很："不要咧。"

"咋咧？"

"我不想……养蚕儿咧！"

没过几天，学校里来了一位新老师，分了班，把一、二年级分给新来的老师教了。

他很年轻，穿一身列宁式制服，胸前两排大纽扣，站在讲台上，笑着给我们介绍自己："我姓蒋……"说着，他又转过身，从粉笔盒儿里捏起一截粉笔，在木头黑板上，端端正正写下他的名字，说："我叫蒋玉生。"

多新鲜啊！往常，同学们像忌讳祖先的名字一样，谁敢打问老师的姓名呀！四十多个学生的初级小学，只有一位老师，称呼中是不必挂上姓氏的。新老师一来，自报姓名，这种举动，在我的感觉里，无论如何算是一件新奇事。他一开口，就露出两只小虎牙，眼睛老像是在笑："我们先卜一节音乐课。你们都会唱什么歌？"

大家你看看我，我看看你，没有人回答。我们啥歌也不会唱，从来没有人教给我们唱歌。我只会哼母亲教给我的那几句"绣荷包"。

蒋老师把词儿抄在黑板上，就领着唱起来："解放区的天是明朗的天……"

　　没有丝毫音乐训练的偏僻山村的孩子，一句歌词儿，怎么也唱不协调。我急得张不开口，喉咙里像哽着一团什么东西，无端地落下一股泪水。好久，在老师和同学的歌声中，哽在喉咙里的硬团儿，渐渐溶化了，心里清爽了，张着嘴，唱起来：

　　"解放区的天是明朗的天……"

　　我爬上村后那棵老桑树，摘了一抱最鲜最嫩的桑叶，扔给风葫芦，就往下溜，慌忙中，松了手，摔到地上，半天爬不起来，嘴里咸腻腻的，一摸，擦出血了，烧疼烧疼。

　　"你俩干什么去了？"蒋老师吃惊地说。

　　我俩站在教室门口，低下头，不敢吭声。

　　"脸上怎么弄破了？"他走到我跟前。

　　我把头勾得更低了。

　　他牵着我的胳膊朝他住的小房子走去。这回该吃一顿教鞭了！我想，他不在教室打，关在小房子打起来，没人看见……

　　走进小房子，他从桌斗里翻出一团棉花，撕下一块，缠在一根火柴棒上，又在一只小瓶里蘸上红墨水一样的东西，就往我的脸上涂抹。我感到伤口又扎又疼，心里却有一种异样的温暖。他那按着我的头顶的手，使我想到母亲按抚我的头脸的感觉。

　　"怎么弄破的？"他问。

　　"上树……摘桑叶。"我怯生生地回答。

"摘桑叶做啥用？"他似乎很感兴趣。

"喂蚕儿。"我也不怕了。

"噢！"他高兴了，"喂蚕儿的同学多吗？"

"小明，拴牛……"我举出几个人来，"多咧！"

"你养了多少？"

"我……"我忽然难受了，"没养。"

"那好。"他不知我的内情，喜眯眯的眼睛里，闪出活泼的好奇的光彩，"你们养蚕干什么？"

"给墨盒儿做垫子。"我说着话又多了，"把蚕儿放在一个空盒里，它就网出一片薄丝来了。"

"多有意思！"他高兴了，拍着手，"把大家的蚕养在一起，搁到我这里，课后咱们去摘桑叶，给同学们每人网一张丝片儿，铺墨盒，你愿意吗？"

"好哇！"我高兴地从椅子上跳下来。

于是，后晌，他领着我们满山满沟跑，采摘桑叶。有时候，他从坡上滑倒了，青草的绿色液汁沾到裤子上，也不在乎。他说他家在平原上，没走过坡路。

初夏的傍晚，落日的余晖里，霞光把小河的清水染得一片红。蒋老师领着我们，脱了衣服，跳进水里打泼刺，和我们打水仗。我们联合起来，从他的前后左右朝他泼水。他举起双手，闭着眼睛，脸上流下一股股水来，佯装着求饶的声调，投降了……

这天早晨，我和风葫芦抱着一抱桑叶，刚走进老师的房子，就愣住了。

老师坐在椅子上发呆，一副悔恨莫及的神色，看见我俩，轻声说："我对不起你们！"

我莫名其妙，和风葫芦对看一眼。

"老鼠……昨晚……偷吃了……蚕！"

我和风葫芦奔到竹笸子跟前，蚕少了！一指头长的又肥又胖的蚕儿，再过几天该网茧子了。可憎的老鼠！

风葫芦表现得很慷慨："老师，不要紧！我从家里再拿来……"

老师苦笑一下，摇摇头。

我心里很难受。我不愿意看见那张永远笑呵呵的脸膛变得这样苦楚，就急忙给老师宽解："他们家多着哪！有好几竹笸！"

"不是咱们养的，没意思。"他站起来，摇摇头，惋惜地说。

三天之后，有两三条蚕儿爬到竹笸沿儿上来，浑身金黄透亮，扬着头，摇来摆去，斯斯文文地像吟诗。风葫芦高兴地喊："它要网茧儿咧！"

老师把他装衣服的一个大纸盒拆开，我们帮着剪成小片，又用针线串缀成一个一个小方格，把那已经停食的蚕儿提到方格里。

我们把它吐出的丝儿压平：它再网，我们再压，强迫它在纸格里网出一张薄薄的丝片来……

陆续又有一条一条的蚕儿爬上箩沿儿，被我们提上网架。老师和我们，沉浸在喜悦的期待中。

"我的墨盒里，就要铺一张丝片儿了！"老师高兴得按捺不住，像个小孩，"是我教的头一班学生养蚕网下的丝片儿，多有意义！我日后不管到什么地方，一揭墨盒，就看见你们了……"

第二天，早饭后，上第一节课了。他走进教室，讲义夹上搁着书本，书本上搁着粉笔盒，走上讲台，和往常一模一样。我在班长叫响的"起立"声中站起来，一眼看见，老师那双眼睛里有一缕难言的痛楚。

他站在讲台上，却忘了朝我们点头还礼，一只手把粉笔盒儿也碰翻了，情绪慌乱，说话结结巴巴："同学们，我们上音乐课……"

怎么回事啊？昨天下午刚上过音乐课了，我心里竟然不安起来，似乎有一股毛躁的情绪从心里蹿起。老师心里有事，太明显了！

老师勉强笑着："我教，你们跟着唱：'春风，吹遍了原野……'"

我突然看见，刚唱完一句，他的眼角淌下一股泪水，立即转过身，用手抹掉了。然后再转过身来，颤着声，又唱起来：

"春风，吹遍了原野……"

我闭了口，唱不出来了。风葫芦竟然"哇"的一声哭了。教室里，没有一个人应着唱。

"我要走了，心想给大家留下一支歌儿……"他说不下去了，眼泪又流下来，当着我们的面，用手绢擦着，提高嗓音，"同学们，唱啊！"

他自己也唱不出来了，勉强笑着，突然转过身，走出门去了。

我们一下子拥出教室，挤进老师窄小的房子，全都默默地站着。

他的被卷和书籍，早已捆扎整齐。他站在桌边，强笑着，说："我等不到丝片儿网成了。你们……把蚕儿……拿回家去吧！"说罢，他提起网兜，背上被卷。

我们从他手中夺过行李，走出小房。对面三、四年级的小窗台上，露出一个个小脑袋。一声怕人的斥责声响过，全都缩得无影无踪了。

我的心猛一颤，还得回到驼背的那个教室里去吗？

走出庙院了，走过小沟了。眼前展开一片开阔的平地，我终于忍不住，问："蒋老师，为啥要走呢？"

蒋老师瞧着我，淡淡地说："上级调动。"

"为啥要调动呢？你刚来！"风葫芦问。

老师走着，紧紧闭着嘴唇，不说话。

我又问："为啥不调动驼背？"

蒋老师看看我，又看看风葫芦，说："有人把我反映到上级那儿，说我把娃娃惯坏了！"

我迷蒙的心里透出一条缝儿，于是就想到村子里许多议论来。乡村人看不惯这个新式先生，整天和娃娃耍闹，没得一点儿先生的架势嘛！自古谁见过先生脱了衣裳，跟学生在河里打水仗？失了体统嘛！我依稀记得，我的父亲说过这些话，在大槐树下和几个老汉一起说的。那个现在还不知姓名的盘踞在小庙里的老师，也在村里人中间摇头摆手……他们却居然不能容忍孩子喜欢的一位老师！

三十多年后的一个春天，我在县教育系统奖励优秀中小学教师的大会上，意外地握住了蒋老师的手。他的胸前挂着"三十年教龄"纪念章，金光给他多皱的脸上增添了光彩。

他向我讨要我发表过的小说。

我却从日记本里给他取出一张丝片来。

"你真的给我保存了三十年？"他吃惊了。

哪能呢？我告诉他，在我中学毕业以后，回到乡间，也在那个拆掉古庙新盖的小学里教书。第一个春天，我就记起来该暖蚕籽儿了。和我的学生一起养蚕儿，网一张丝片，铺到墨盒里，无论走到天涯海角，都带着我踏上社会的第一个春天的情丝……

　　老人把丝片接到手里，看着那一根一缕有条不紊的金黄的丝片，两滴眼泪滴在上面了……

第一次投稿

背着一周的粗粮馍馍，我从乡下跑到几十里远的城里去念书，一日三餐，都是开水泡馍，不见油星儿，顶奢侈的时候是买一点杂拌咸菜；穿衣自然更无从讲究了，从夏到冬，单、棉衣裤以及鞋袜，全部出自母亲的双手，唯有冬来防寒的一顶单帽，是出自现代化纺织机械的棉布制品。在乡村读小学的时候，似乎于此并没有什么不大良好的感觉；现在面对穿着艳丽、别致的城市学生，我无法不"顾影自卑"。说实话，由此引起的心理压抑，甚至比难以下咽的粗粮以及单薄的棉衣遮御不住的寒冷更使我难以忍受。

在这种处处使人感到困窘的生活里，我却喜欢文学了；而喜欢文学，在一般同学的眼里，往往是被看作极浪漫的人的极富浪漫色彩的事。

新来了一位语文老师，姓车，刚刚从师范学院毕业。第一次作文课，他让学生们自拟题目，想写什么就写什么。这是我以前所未遇过的新鲜事。我喜欢文学，却讨厌作文。诸如《我的家庭》《寒假（或暑假）里有意义的一件事》这些题目，从小学作到中学，我是越作越烦了，越作越找不出"有意义的一天"了。新来的车老师让我们想写什么就写什么，我有兴趣了，来劲了，就把过去写在小本上的两首诗翻出来，修改一番，抄到作文本上。我第一次感到了作文的兴趣而不再是活受罪。

我萌生了企盼，企盼尽快发回作文本来，我自以为那两首诗是杰出的，会震一下的。我的作文从来没有受过老师的表扬，更没有被当作范文在全班宣读的机会。我企盼有这样的一次机会，而且正朝我走来了。

车老师抱着厚厚一摞作文本走上讲台，我的心无端地慌跳起来。然而四十五分钟过去，要宣读的范文宣读了，甚至连某个同学作文里一两句生动的句子也被摘引出来表扬了，那些令人发笑的错句病句以及因为一个错别字而致使语句含义全变的笑料也被点出来，终究没有提及我的那两首诗，我的心里寂寒起来。离下课只剩下几分钟时，作文本发到我的手中。我迫不及待地翻看了车老师用红墨水写下的评语，倒有不少好话，而末尾却悬下一句："以后要自己独立写作。"

我愈想愈觉得不是味儿，愈觉不是味儿愈不能忍受。况且，车老师给我的作文没有打分！我觉得受了屈辱。我拒绝了同桌以及其他同学伸手要交换作文的要求。好容易挨到下课，我拿着作文本赶到车老师的房门口，喊了一声："报告——"

获准进屋后，我看见车老师正在木架上的脸盆里洗手。他偏过头问："什么事？"

我扬起作文本："我想问问，你给我的评语是什么意思？"

车老师扔下毛巾，坐在椅子上，点燃一支烟，说："那意思很明白。"

我把作文本摊开在桌子上，指着评语末尾的那句话："这'要自己独立写作'我不明白，请你解释一下。"

"那意思很明白，就是要自己独立写作。"

"那……这诗不是我写的？是抄别人的？"

"我没有这样说。"

"可你的评语这样子写了！"

他冷峻地瞅着我。冷峻的眼里有自以为是的得意，也有对我的轻蔑的嘲弄，更混含着被冒犯了的愠怒。他喷出一口烟，终于下定决心说："也可以这么看。"

我急了："凭什么说我抄别人的？"

他冷静地说："不需要凭证。"

我气得说不出话……

他悠悠抽烟："我不要凭证就可以这样说。你不可能写出这样的诗歌……"

于是，我突然想到我的粗布衣裤的丑笨，想到我和那些上不起伙的乡村学生围蹲在开水龙头旁边时的窝囊，就凭这些瞧不起我吗？就凭这些判断我不能写出两首诗来吗？我失控了，一把从作文本上撕下那两首诗，再撕下他用红色墨水写下的评语。在要朝他摔出去的一刹那，我看见一双震怒得可怕的眼睛。我的心猛烈一颤，就把那些纸用双手一揉，塞到衣袋里去了，然后一转身，不辞而别。

我躺在集体宿舍的床板上，属于我的那一绺床板是光的，没有褥子也没有床单，唯一不可或缺的是头下枕着的这一卷被子，晚上，我是铺一半再盖一半。我已经做好了接受开除的思想准备。这样受罪的念书生活还要再加上屈辱，我已不再留恋。

晚自习开始了，我摊开了书本和作业本，却做不出一道习题来，捏着笔，盯着桌面，我不知做这些习题还有什么用。由于这件事，期末我的操行等级降到了"乙"。

打这以后，车老师的语文课上，我对于他的提问从不举手，他也不点我的名要我回答问题，校园里或校外碰见时，我就远远地避开。

又一次作文课，又一次自选作文。我写下一篇小说，名曰《桃园风波》，竟有三四千字，这是我平生写下的第一篇小说，取材于我们村子里果园入社时发生的一些事。随之又是作文评讲，车老师仍然没有提到我的作文，于好于劣都不曾提及，我心里的底火又死灰复燃。作文本发下来，揭到末尾的评语栏，连篇的好话竟然写下两页作文纸，最后的得分栏里，有一个神采飞扬的"5"字，在"5"字的右上方，又加了一个"+"，这就是说，比满分还要满了!

既然有如此好的评语和"5+"的高分，为什么评讲时不提我一句呢? 他大约意识到小视"乡下人"的难堪了，我猜想，心里也就膨胀了愉悦和报复，这下该有凭证证明前头那场说不清的冤案了吧?

僵局继续着。

入冬后的第一场大雪是夜间降落的，校园里一片白。早操临时取消，改为扫雪，我们班清扫西边的篮球场，雪下竟是干燥的沙土。我正扫着，有人拍我的肩膀，一扬头，是车老师。他笑着。在我看来，他笑得很不自然。他说："跟我到语文教研室去一下。"我心里疑虑重重，又有什么麻烦了?

走出篮球场，车老师的一只胳膊搭到我肩上了，我的心猛地一震，慌得手足无措了。那只胳膊从我的右肩绕过脖颈，就搂住我的左肩。这样一个超级亲昵友好的举动，顿然冰释了我心头的疑虑，却更使我局促不安。

走进教研室的门，里面坐着两位老师，一男一女。车老师说："'二两壶''钱串子'来了。"两位老师看看我，哈哈笑了。我不知所以，脸上发烧。"二两壶"和"钱串子"是最近一次作文里我的又一篇小说中两个人物的绰号。我当时顶崇拜赵树理，他的小说的人物都有外号，极有趣，我总是记不住人物的名字而能记住外号。我也给我的人物用上外号了。

车老师从他的抽屉里取出我的作文本，告诉我，市里要搞中学生作文比赛，每个中学要选送两篇。本校已评选出两篇来，一篇是议论文，初三一位同学写的，另一篇就是我的作文《堤》了。

啊！真是大喜过望，我不知该说什么了。

"我已经把错别字改正了，有些句子也修改了。"车老师说，"你看看，修改得合适不合适？"说着又搂住我的肩头，搂得离他更近了，指着被他修改过的字句一一征询我的意见。我连忙点头，说修改得都很合适。其实，我连一句也没听清楚。

他说："你如果同意我的修改，就把它另外抄写一遍，周六以前交给我。"

我点点头，准备走了。

他又说："我想把这篇作品投给《延河》。你知道吗，《延河》杂志？我看你的字儿不太硬气，学习也忙，就由我来抄写投寄。"

我那时还不知道投稿，第一次听说了《延河》。多年以后，当我走进《延河》编辑部的大门深宅以及在《延河》上发表作品的时候，我都情不自禁地想到过车老师曾为我抄写投寄的第一篇稿子。

这天傍晚，住宿的同学有的活跃在操场上，有的遛大街去了，教室里只有三五个死贪学习的女生。我破例坐在书桌前，摊开了作文本和车老师送给我的一沓稿纸，心里怎么也稳定不下来。我感到愧悔，想哭，却又说不清是什么情绪。

第二天的语文课，车老师的课前提问一提出，我就举起了左手，为了我的可憎的狭隘而举起了忏悔的手，向车老师投诚……他一眼就看见了，欣喜地指定我回答。我站起来后，却说不出话来，喉头哽塞了棉花似的。自动举手而又回答不出来，后排的同学哄笑起来。我窘急中又涌出眼泪来……

我上到初三时，转学了，暑假办理转学手续时，车老师探家尚未回校。后来，当我再探问车老师的所在时，只说早调回甘肃了。当我第一次在报刊上发表处女作的时候，我想到了车老师，应该寄一份报纸去，去慰藉被我冒犯过的那颗美好的心！当我的第一本小说集出版时，我在开着给朋友们赠书的名单时又想到车老师，终不得音讯，这债就依然拖欠着。

经过多少年的动乱，我的车老师不知尚在人间否？我却忘不了那淳厚的陇东口音……

默默此情谁诉

　　十一月三日，我从乡下住处回到作协已是十二点钟了。我匆匆赶到西安晚报社张月赓家里，交给他一件捎带的东西。闲聊间月赓说，好久没见老蒙了，我想请你和老蒙到家里来喝一杯，我们三个还没在一起喝过酒哩！我就告诉他，老蒙给我说过两三次：约月赓来，咱们三个喝一杯。于是，我就让他约人定时间。我期待着这样的一次聚会……可是，谁料想，就在这一天清晨，蒙老师突然离开我们到另一个世界去了。

　　他走得那么匆忙，没来得及给他的亲人和朋友们留一句话，这是令人多么痛心的事啊！

　　此前四个月的七月中旬，作协在太白县召开"陕西长篇小说创作讨论会"，蒙老师作为陕西文学界活跃的评论家被邀参加。他是从宝鸡来到太白县的。他在宝鸡为西大作家班的青年作家联系洽谈写报告文学集子的事，忙得不亦乐乎，终于完满地解决了问题。这是暑假，没有了教学的负担而可以潜心著书立论的宝贵时间，他毅然放弃了，冒着关中三伏的酷热到宝鸡奔走，为青年作家创造创作实习的条件。

在太白一见面，他就说，太白好凉快，我是到这儿乘凉来了。完全是一种逛会的宣言。我已经了知他的这种习性，其实他是最认真的会员。他一次不落地参加讨论会，听取发言者的或是长篇宏论或是一言半语的插话。他一直没有说话，直到最后一个下午才说了大约不到一刻钟的话。他的发言不是所有的人都会赞同，这是极正常也是极普通的事，而他的坦率诚恳的用心却几乎使所有的人都为之感动。他是那样严肃认真热情地关注着长篇小说创作的发展以及陕西中青年作家的创作的现状。

我因此而想到八年前在太白的相聚。那是粉碎"四人帮"后文艺复兴初期作协召开的一次很成功的会议。当时陕西开始涌现出一批中青年作家，会议讨论这批作家的优长和发展。我和蒙万夫老师被会议的组织者安排在一个屋子。我当时和他认识不久，交往不多，有点儿怯生或者说陌生。我想，我是来自乡间的草莽，他是高等学府的教师，我总觉得无法掩饰自己的浅陋。但他待人随和的态度和那种随意的习性使我很快消除了拘谨。那时候我的短篇《信任》刚刚获得全国优秀短篇小说奖，我说到从这篇小说引起的惶惑。他说，你就写你的，你按你的兴趣写。《信任》好得很！有个性。没有个性的作品就跟没有个性的人一样让人难受。短短几天的相处，我感受到了一个可信赖的良师益友的脾性正与我合拍，从此就开始了我们愈来愈真挚的感情的交汇和友情的发展。此后八年之久以至到第二次相聚在太白，我们的友谊可以说像夏天一样成熟了。

我那时在灞桥区文化馆工作，馆里举办了一期创作讲习班，灞桥地区的农村、工厂、学校等单位的五六十名文学爱好者参加了。我去西安大学约请蒙老师讲课，他满口应承，这就一下消除了我来时心存的"庙小难安大神"的顾虑。我随之就抱歉地说明，文化馆无车，我也借不来车，只好委屈你坐公共汽车了。他反而怨我说，你这人，作那个难干啥哩！你给我说清去灞桥该坐哪路车，在哪儿乘车、换车就行了，再就甭管了，保证误不了讲课。果然，我早晨起来还未来得及吃早点，蒙老师已经走进我的屋子。一进门就轻松地说，汽车方便得很嘛！路也不远。我就感到他是继续以轻松的话来解除我的窘迫。金钱和利害可以使人结成铁哥们儿死党，而真诚却使人更觉得可靠和信赖，也更耐人回味和珍惜。

他的讲演大获成功——我是第一次听他正儿八经拉开场子讲文学创作。他没有讲义，一直站着而拒绝坐椅子。他一口气讲了三个多小时，讲到托尔斯泰、巴尔扎克、雨果和柳青，又讲到中国一九八〇年那时候活跃于文坛的中青年作家以及陕西的中青年作家和他们的作品。他纵古横今旁征博引深入浅出，把比较干巴的文学理论讲得生趣盎然，偶尔挟带的逸事趣闻引起哗笑，而又紧紧围绕他讲话的命题。课后几个学员直后悔没带录音机来，说把这场讲课录下来再整理出来就是一篇严密的论文。我有同感。他讲课时的选词用语十分严密，似乎是在念讲义，而他手里什么也没拿。这是我第一次见识作为学者的蒙万夫的硬功夫、真本领以及演讲的风采。

作为学者的蒙老师身上又保存着明显的农民的生活习性。他对农村的事特别有兴趣，我们见面时，他就问农村的收成，责任制实行过程中的农民情绪。他第一次到我乡下的住处来，我正在完成新屋建筑的最后工作，几个农民青年工匠正吃饭，他就和他们坐到一张小桌上，拒绝我为他另外置饭的考虑，而且很快就和那些青年工匠聊得嘻嘻哈哈。

那天饭后我领他到灞河川道里散步，春夏相交时节的河川正是最丰满的景色，麦子孕穗，豌豆结荚，河水清冽，水鸟恋情于水上沙滩。我和张月赓在水边说话，蒙老师已脱了鞋袜，涉水到河心露出水面的大石头上，掬膝而坐，环顾四野。老张对我说，看看，老蒙陶醉于大自然的韵味里去了。我却想到他说过他也是来自农村，考上大学才进入西安，他也许沉入童年农村生活的回味，那是对一种熟悉的却又久违了的生活的回嚼。老张说，我们还是不要扰乱老蒙的情绪。于是，我俩就顺着水边走下去，走过半里多远，回头望过去，蒙老师仍然坐在那块露出河心的大石头上凝神不动，像一尊石雕。当我们终于涉过河水，走上对岸的沙堤会面以后，蒙老师第一句话就是：现在才最清醒地感觉到城市单元楼的全部可怕了！

认识蒙老师不久，他即向我提出，你以后在什么地方发表东西，告诉我一声，说清报纸杂志的名字和期号，我一定会找到的。如果你有多余的寄给我一份更好了。他没有说要这些东西作何用。我也没有问，以为他想看看我的创作发展罢了。自此以后，我就如约把我在一些杂志和报纸发的东西寄给或送给他。他看罢后，往往就成为我们再见面时的话题。此后他又提出，让我把此前发表过的全部作品送给他一览，包括"文化大革命"前的几篇很难称为作品的习作以及"文化大革命"当中曾使我汗颜的几篇小说，我把存留下来的全都背去给他看了。当他后来送还给我的时候，已经替我编了码，整理得有条有理了。

后来，他约我认真谈一次，不仅是创作，还有生活的历程。那天在一间储藏杂物的屋子里我们谈开了，有他的三四个学生一起谈，整整谈了一天，从家庭谈到读书和工作的整个历程，谈到第一次对文学感兴趣以及后来走过的坎坷的创作之路。谈话虽然杂乱无章，却也是我自己一次较为认真的回顾。不久他和学生把我的谈话整理成文，打印成册，并送给我几份。我仍然搞不清他费这么大的力气的用意，只是以为他想了解我的生活和文学经历而已。但有一天他告诉我，《笔耕》文学评论组拟出版一本评论西北五省活跃的中青年作家的评论集，《笔耕》的主要评论家每人写一个作家，我的评论由他写。他说，我现在才觉得可以给你说这个话了，关于你的评论我可以写了。又过了好些日子，有一天收到他的信，说文章已写完，让我去看看。我一看就愣住了，洋洋三万言，已经誊写清楚，名曰《陈忠实论》。那本书规定只能容纳一万字，他就节选出一万字编入了，整个文章后来发表在《文学家》杂志上。看罢文章我才明白，此间我们几次见面，几次交谈，都是他对我的创作的一些思考，和我交换看法。那些看法成为他的评论文章的重要论点。我无意评说这篇文章。我对这篇文章的看法早已与他谈过，尤其使我感动的是他做学问的那种认真精神，为了这篇文章，他间接和直接摊了多少工夫啊！

大概正在他酝酿写作这篇文章的时间里，我在《延河》上发了一篇《答读者问》的创作谈。他看罢即写信给我，说他想不到我说的"最喜欢的作品是《楝子老太》"的话，约我谈一下。此前他曾谈过他不大欣赏《楝子老太》，认为与其他中篇相比是次一些的。我说，不是我觉得这部中篇写得好与不好的问题，我喜欢这部中篇只是因为《楝子老太》改变了以往以故事和情节结构作品的手法，是以人物结构的，是创作试验。他仍然申述这篇作品不好的原因，而且有点激动。于是，我们第一次发生了争论。争论的结果是他仍然把自己的观点写进了评论。我因此反而更敬重他：一个认真做学问的人的品格本该如此。

　　今天离蒙老师去世已很久，回忆我和他从相识到相知的十个年头里，我们已经有过多少次倾心的交谈：他催我奋进，给我安慰。可如今，天上人间，何处话衷肠……

一个人的邮政代办点

　　每当和媒体记者或纯粹的朋友叙旧，对我当年蜗居乡下十年写作的生活形态多有兴趣，其中和外部世界的沟通方式是一个常被问到的话题，我便如实相告，主要依赖一条邮路，无论写信说事或投寄刚刚写成的小说稿，都是到一个邮政代办点去办理。这是一个仅有一人撑持业务的"邮局"，在我却铸成永久的记忆。

　　二十世纪八十年代初，我在获得专业创作的自以为人生的最佳境地的同时，便决定回归乡下祖居的老家，求得一个耳目清静的环境，却不是陶渊明式的避世隐居。我在这里可以坐下来潜心阅读业已解禁的世界名著；可以平心静气回嚼二十年乡村生活，形成新的作品；我几乎本能地关注着生活运动尤其是乡村世界的变化，自然缺少不得一份报纸，能否每天看到当日的地方报纸，成为一个小小的却也揪心的问题。多年来每天读报的积习已经成瘾，不读似乎就有一种缺失或亏欠。读报之所以成为一个问题，我居住的老家的地理环境的制约是根本原因。

　　我祖居的村子虽然距西安不过五十华里，却是一个被地理环境限制着的"死角"。村庄位于白鹿原北坡根下，再往北不过两三公里便是闻名古今的骊山南麓，形成一条狭窄的川道，其间自东往西流过一条被秦始皇曾祖改名的灞河（原名滋水）。直到二十世纪七十年代中期，才开通了一条沙石公路，我的祖居的村子是这条公路的终点，尽管十天半月也未必能驶来一辆汽车，但是乡民出行推车挑担骑自行车毕竟方便得多了。我回到这样环境的老屋里，首先想到如何能读到当天的报纸。得知这里的邮递员仍旧是我熟悉的那位姓史的乡党，便找到他商量。他做这方地域的邮递员已经多年了，仍然属于邮局聘用的农民工，未能获得邮局正式职工的资格。他负责我所在的这个乡镇东半部的十余个村庄的报纸和信件的投递业务，半边是白鹿原的北坡上的村庄，下边是坡根下一排小村庄，每天要上坡下川跑一圈儿，可以想见其辛苦。和他说明订报的意图，他笑着解释，东边三个村子没有一户报纸订户，只是在有重要信件时，他才骑车去某个村子。我当即明白，如果我要每天读到当日报纸，就意味着他必须比往常多跑五里路，仅仅是为了给我送一张报纸。我确实于心不忍，便和他商量了一个省事的办法，把我所订的报纸投送到他每天必经的村子的我的一位亲戚家，由我走读上中学的儿子放晚学时顺便捎回来。这样，每天傍晚儿子回家，正好是我停歇工作的时候，坐在祖居的小院里，借着尚未暗淡的天光，打开《参考消息》，看世界的这个和那个角落又发生了什么值得关注的大事和趣闻；还有贴近我生活的《西安晚报》，既有国家大事的新闻，更有城市和乡村的新鲜事和某些人的劣行。我曾在该报上读到一位农村女人首创家庭养鸡场的新闻报道，竟然兴奋不已，随之便搭乘汽车追到西安西边的户县，花了两天时间进行采访，先写了一篇报告文学发表在《西安晚报》，后又以其某些事迹演绎成八万字的中篇小说《四妹子》，这是我写农村体制改革最用心也最得意的一部小说。

每有或长或短的小说或散文写成，或者要投寄一封信，我便骑自行车赶到八华里远的邮政代办点。这个邮政代办点设在一所军事大学里。这所军事大学始建于二十世纪五十年代末，地址选在白鹿原北坡向里深凹的一个大豁口里，据说可以隐蔽空中侦察。军事大学于六十年代初开学，为了这所规模非凡的军事院校通邮的方便，邮政局便在校内设立了一个邮政代办点。这样，我生活的这方地域，破天荒地有了一个可以订阅报纸也可以寄信寄物的邮政机构，当地近十公里内的乡民跟着军校沾光了。我也是受益者之一。

邮政代办点设在军校大门内右侧的一排平房里，仅仅只占一间小平房。我把自行车撑在路边，便拿出要寄的稿件或信件，走到开着的窗口，便看见一张熟悉的面孔，不笑也不惊讶，却在眼神里显示出"你来了"的意象。我便先开口说我要办的事，如果是寄信，便说要几张邮票；如果是邮寄稿件，便把封好的信递给他，让他在桌旁的磅秤上称一下重量，然后在算盘上算出邮资的钱数，我交了钱，他撕下邮票给我。我用他摆在窗台上的糨糊贴好邮票，再把装着文稿的信封给他。他砸上有"挂号"字样的邮戳，仍然不说话，眉宇和眼神里显示出"办妥了"的意象，我也不便多嘴，点点头便告辞了。

我至今依然记得那张面孔，以及那脸上的表情。那张面孔的脸色微黄偏白，很洁净；眼睛不大也不小，永远是一种平和的神色；鼻梁不高不细更不歪，端正而庄重。他的形象和他的神态，完全专注于案头的工作，多余一句客套话都不说，更不会有东拉西扯的闲话乃至废话了。有一次交办完邮件离开他的窗口时突然想到，他是和我短言少语呢，还是对所有人都如此这般？我便侧立一旁抽烟观望。一位穿戴整齐的军校女学员走到窗口，手里拿着一个包扎规整的邮包送进窗口，肯定是称重量，然后看见她从窗口接过邮包，很认真地贴邮票，之后就把邮包再送进窗口，转身离开了。我大约只听见一两句简短的对话，是说多少邮资的话。一位同样年轻的男军人走到窗口，和那位女军人的过程如出一辙。接着看到一位穿戴不凡的中年女人走到窗口，从衣着打扮和走路的太过自信的姿势，我猜测这是一位军校高干的夫人（此军校属军级级别）。她走到窗口，却不寄邮任何东西（如需邮寄东西，肯定有通讯员代办），只听她嗓门很响亮地向窗口内询问，只听见她的问话声，却听不到窗口里他的声音，约略可以听得出来，她给远方老家的邮件，怎么还没收到？需要多少日子才能到达××省××县××公社××村子？不会丢吧……从她离开窗口时的表情判断，得到的是肯定的可以放心的答复，吭当响着的皮鞋敲击水泥路面的声音也是欢愉的。我便跨上自行车走了……这人就是不爱说话。

约略记得一次例外，在我接过邮票往信封上抹糨糊再粘贴的时候，他却主动开口了："你前日在报上登了一篇文章？"我颇惊讶，他竟关注我的写作了，便毫不迟疑地以"噢"予以肯定。他接着又说了一句："昨日回局里参加政治学习，我听大家说的。"他没说邮局里的人如何说我这篇小说或散文，倒是我很想听的话题。他却闭口再不说了，也没说他看没看那篇文章。我尽管很想听文学圈外诸如邮局的读者对拙作的看法，看着他已没有再议此事的兴趣，我也压住了想问的话不再问。

在我蜗居乡下祖屋写作的十年里，每有或长或短的小说写成，便骑上自行车，骑过后来被车碾得坑坑洼洼的沙石公路，心情却是一种踊跃。每有一篇新作写成，无论是篇幅较大的中篇小说，抑或是短篇小说，乃至两三千字的散文，在送到邮政代办点的这八华里的路途中，都是一种踊跃着的心情。沙石公路上坑坑洼洼致成的连续性颠簸，不仅破坏不了踊跃的好心情，反倒激发着踊跃的连续性。乃至赶到熟悉的邮政代办点的窗口前，和那张熟悉的脸孔对面时，领会到那眼神里又现出"你又来了"的意象，我也不说一句客套话，只把邮件送进窗口，照前办理……我已记不清十年间经他的手寄出过多少文稿和信件，却可以肯定，那十年间的文稿和信件十有八九都是经他的手办理的，寄往本省和外省的编辑朋友。更准确也很难得的是，无论稿件或信件，从来没有丢失过。在二十世纪八十年代初到九十年代初，邮寄通信几乎是我唯一和外部世界交流的渠道，且不说乡村里不敢奢望电话，城市家庭也是稀罕物。邮政代办点的这位代办员，便成为我实现和外部世界沟通的最可靠的桥梁。

新的世纪刚刚到来，我又回到离别了七八年之久的原下的屋院，一个人住了两年。夜晚坐在院子里看从东原渐渐移向西原的月亮，早晨常常是被飞到屋檐或院中树梢上的鸟叫声唤醒的，在我是一种在世界上任何地方都找不到的最踏实也最美好的感觉。写作的欲望潮起时，便在那间小书屋里铺开稿纸。每有或长或短的文章写成，依照七八年前的轻车熟路——轻便自如的自行车和大半生走得最多也最熟悉的家乡路——赶到距家八华里远的军校大门内的邮政代办点，依旧是那间门口墙上挂着绿色邮箱的平房，依旧是打开着的窗户下层的窗口，窗里桌后依旧坐着那位微黄偏白面孔的代办员，变化仅仅只是他的头顶出现了白色的头发，毕竟过去七八年了。他在看见我的一瞬，眉眼里现出一缕不易觉察却仍被我觉察到了的诧异的神色，问："你不是进城了吗？"我答："我又回来了。"之后再无话。我交办了寄件，点点头便告辞了。这两年时间里，我到这个一个人操作的邮政代办点的次数，比之前的那十年的频繁来去少得多了，我已有了手机，家里也安装了电话，无论公事或私事，急事或闲事，随时便用话机说清了，几乎不再使用写信的交流手段了，不写信也就不寄信了，只有写成新的文稿，必须赶到一个人操作着的这个邮政代办点的窗口前。我至今不会使用轻便快捷的电子文稿的传递方法，还依赖于原始的邮寄手写稿件的途径。

到了我重回乡下祖居屋院的第二年，记不清是哪个季节，我又一次骑自行车赶到那个熟悉的邮政代办点的窗口前，交办了要邮寄的稿件，刚转过身要离开的时候，窗口里的他说话了，让我等一下。我再转回身，就看见那张向来平静到不动声色的面孔，呈现着谦谦的微笑，对我说："麻烦你办点事。"我自然欣然接受，等待他说事。他依旧是少见的谦谦的微笑，以平静而又达观的语气告诉我，他很快要退休了。我不觉一愣，看不出这张呈现着中年人气色的脸，已经年上花甲了。我在发愣的一瞬，感到了心头的微微一震，顿生难舍的眷眷之情。我随之问："你竟然要退休了？看去顶多五十岁。"他却不做辩解，依旧谦谦笑着告诉我，他的孩子知道他认识我，便买了我的两本书，让他再见我的时候给书上签名。他说他退休后就难得和我见面了。我自然应诺。他破例拉开那间平房的门板，让我进屋；他把我的两本书摆在桌子上，侍立一旁，让我坐在他的椅子上。我习惯用自己的钢笔，在那两本书上签下我的名字。这应该是我最用心最认真的签名之一。他连着说了两声感谢的话。我为认识和不认识的朋友和读者不知签过多少万册书了，却不敢接受他的感谢的话。我和他握手告别。他竟破例走出门来，在我推起自行车的时候，我又握住了他的手，有点不忍松开。

辑三

此心安处

儿时的原（节选）

割草·搂麦

出生在农家屋院里的男孩子，从小小年纪就帮父母干农活了。我却记不准自己究竟是从几岁开始动手干活的，按乡村人归结的普遍规律，说男娃子一顿能吃完一个馍馍，就是好帮手了。我据此判断，当在我六七岁的时候。我同样记不清先学会的是哪一种农活，却笼统记得我能干的农活有拔草、割草、搂柴火、搂麦穗、掰苞谷和剥苞谷等。幼年从事的这些农活，有的是我喜欢干的，留下了愉快的记忆，有的是难以承受的不想干却不得不干的，便铸成一种伤痛。

我最喜欢干的农活是割草。我家和隔壁一家同族本门人家合养一头黄牛。牛喜食青草。每当春天青草长出来，我便背上柳条编织的小号笼子，提上割草的短把儿镰刀，下到灞河河川或上到白鹿原坡去割草了。当时不知白鹿原的名称，只说上坡割草。割

115

草总是结伴去，几乎没有一个人独自行动的行为，除了结伴搭伙儿热闹有趣，还有至关重要的一条，便是安全。那时候沟梁纵横的原坡上还有狼族活跃其间，常常就有某人在某道坡梁或某条沟谷里撞见了狼，甚至还有某村的小孩被狼叼走的骇人听闻的灾祸发生。父亲总是在我出门割草时提醒，不要单个上坡，找俩伴儿一搭去。

村子里和我同龄或不差上下年岁的伙伴不过三四个，今日我找他，明日他会来找我，三四个人聚齐了，便商量确定到哪一条沟或哪一道梁去割草，说着谝着嘻嘻哈哈便走出村子了。麦子收罢进入伏天的酷热季节，阳光如喷火，伙伴们不约而同在坡梁下的沟道里遮蔽了阳光的背阴处坐下来，玩一种抓掷石子的游戏，或者打扑克，直玩到太阳西斜，才抓起短把儿镰刀去割草。最富诱惑的快活事儿是逮蚂蚱。蚂蚱有麦蚂蚱和秋蚂蚱，前者是生长在麦子地里的，到麦子成熟时也发育完成了，趴在麦穗上发出吱吱吱的叫声，我曾和小伙伴们在麦子地里逮蚂蚱，着急处就忘记了已经黄熟的麦子，踏倒了麦子，招来麦田主人的叫骂。不过，这种麦蚂蚱叫声很单调，我们很快就把兴趣转移到秋蚂蚱这灵虫上来了。所谓秋蚂蚱，是相对麦蚂蚱而言的，在麦蚂蚱完成三次脱壳可以鸣叫的时候，秋蚂蚱才从埋在地皮下的卵蛋里化育成虫钻出来，满体嫩绿如同刚刚脱壳的绿豆。秋蚂蚱生长在长满酸枣刺棘的田坎上、荒坡上和坟地里，很难捕捉。我和伙伴们根本等不得它完成三次脱壳羽化为可以鸣叫的蚂蚱，就在刺棘丛中寻找，常常被刺棘的尖刺刺得脚面和小腿布满血印也不在乎。逮着小小的秋蚂蚱，装进竹篾编的蚂蚱笼子里，每天喂它野谷苗的内芯。眼看着它在小笼子里一天天长大，完成三次脱壳成为一只羽翼丰满的蚂蚱，发出铃铛一样响亮有节奏的歌唱，我常常陷入一种沉醉。这种秋蚂蚱生命力很强，如果喂养精到，往往可以鸣叫到深秋以至霜冻时节才会完结，给平静也显孤寂的农家院子添一缕欢乐的声响……逮秋蚂蚱太专注也太投入，往往忘记了割草，无论逮着秋蚂蚱的兴奋或逮不着的懊丧，都会在拾起短把儿镰刀开始割草不久便淡化了，只畏怯草割得太少父亲那责备的眼色。

印象里最不愿干却不得不干的农活是搂麦子。我家有十六七亩土地，绝大多数分散在原坡上，只有三五亩可以浇灌的水田分作四五块散布在灞河川道里。养牛积攒的土肥，单是施到一年可收两料的麦子和苞谷的水田里都不够，原坡上的单料麦子根本施不上一次土肥，那麦子长得黄不拉儿的样子，收割时几乎搭不住镰刀，散落在麦茬地里的遗穗就很多了。村子里乡民把这种成色的麦子称作猴毛，把小小的麦穗称作蝇子胫（苍蝇头），把割这种麦子称作薅猴毛。父亲把一块又一块全是猴毛似的麦子薅过，我紧跟其后用粗铁丝作箅刺儿的大笆子把遗落的猴毛搂起来。至今印象最深的是在离村子最远的称作唐家坡顶的那块地，这是我家在原坡上最大的一块地，大约两亩还多，周边没有一棵树。我拖着足有一米宽的粗铁丝作筢刺儿的大筢子，一筢紧挨着一筢从东往西搂过去，再从西往东搂过来，却也如同为这块刚刚薅过猴毛的猴子梳头又梳身。这个铁丝筢子倒也不太重，拖起来也不太累，关键是坡地上滚动的热浪太难忍受了，火盆似的太阳就在头顶喷火，被晒了大半天的麦茬子热气蒸腾，拖着筢子过去再拖着筢子过来的过程，是被翻来覆去的炙烤。尽管头顶戴着草帽，头皮和脸皮仍然感觉到难耐的烘烤的灼伤，身上和裸露的小腿更不用说了。从家里带来的沙果叶茶水早已喝光，汗水似乎已经淌干流尽，口干到连一口唾沫儿也吐不出，看着还有一大半尚未搂过的麦茬地，有种想哭却哭不出来的无奈。看到远处一块坡地上有一个同龄的伙伴也在搂着，心里似乎有一种安慰，农家娃娃都得做这种活儿，且谈不到劳动的单调和无趣，那时候还不懂这些高雅的词汇，尽管切实地承受着……而当某天晚上和父亲坐在院子里吃晚饭，抓起母亲刚刚蒸熟端到跟前的白面馍馍咬下一口时，父亲顺口便会说，白面馍馍香不香？香。爱吃不爱吃？爱吃。明年搂麦子，再甭噘嘴噘脸吊的了，搂麦子受苦招架不住的那阵儿，想到吃白面馍馍，你就有劲了……这是我最初接受的关于劳动的教诲。

祭祖

　　我生活的村子叫西蒋村，解放初仅三十七户人家，村子东头有一条沟，流着清凌凌的发源自原坡上的泉水，供全村人饮水、洗衣，也浇灌小块田地。沟那边有一个东蒋村，更小，不过二十七户人家，村子之间的距离不足二里路。两个以蒋姓作村名的村子却没有一户姓蒋的人家，我问父亲，父亲说不清楚，问比父亲更年长的老爷爷，竟没有一个人说得清白。我生活的西蒋村几乎全是陈姓，只有两户郑姓的人家。陈姓共有一个老祖宗，我却搞不清老祖宗的大名了，然而，这个陈姓老祖宗当属三十五户陈姓人家的始祖，也当是第一个在西蒋村这块地盘上落脚的人，有族谱为证。

　　每到大年三十后晌，陈姓的成年男子领着虽然尚未成年却已懂人事的男孩齐聚我家，迎神拜祖。父亲早已把不大平整的上房中间的地面用湿土垫平砸实，清扫干净，把我家那张方桌擦洗得一尘不染，放置到后墙中间开着后门的位置；方桌上已经摆置了蜡台和香炉，还有四盘令人馋涎欲滴的油炸的馃子和点心；那幅族谱——俗称神轴——就摆在方桌上，近乎一丈长，平时架放在木楼上，到此时父亲把它拿下来了。待全村陈姓男人聚齐，由陈姓一位辈分最高年龄最长的老者主持仪式，开首是：点蜡上香。这项指令实际是老者发给自己的，话音刚落，他便拿起点燃的火纸，猛吹一口气，那自燃的火纸便冒出火焰来，老者先点着左边的插在蜡台上的紫红色蜡烛，再点着右边一支，再撮三根紫色的香，在蜡烛上点燃，一根一根又一根插入盛着细沙的香炉，双手抱拳，跪拜三匝，然后退居方桌旁边。在老者发出"点蜡上香"的指令时，侍立在方桌两边的父亲和另一位男子便举起族谱——神轴，缓缓地展开，再挂到墙上。也就在此时，我家街门外便响起鞭炮的响声，夹杂着雷子炮的震天轰响。侍立供桌前的陈姓男人们，依着辈分的高低，一个一个走到供桌前，从香炉里抽出一根紫香（只有主持的老者上头一道香拿三根），在蜡烛跳跃着的火焰上点燃，双手掬着插入香炉，再双手抱拳举到额头鞠躬，然后跪地三叩首。有领着儿子的人，儿子在他右首照着他的动作做下来。我父亲在陈姓的辈分最低，我自然更低一辈了，轮到父亲朝拜列祖列宗的时候，已经剩下不足十个人了（拜过的人都回家去了），我跟着父亲一起鞠躬跪拜，心里顿然也会潮起一种肃穆的感觉。

在我们家祭拜陈氏祖宗的事，据说有两个因由，一是我们家有一幢三间大房，尽管这幢房子已经分为两半，我家和叔父家各占一半，但作为敬奉祖宗展挂神轴却是宽展的，几乎是别无选择的。大约到一九四九年解放，村子里仅仅只有两三幢这种被称作大房的房子，多数村民都住着单面流水的比较窄小的厦房，厦房既供不起长宽都过一丈的神轴，也容不下祭拜的陈姓族人；再一个因由，据说我爷爷曾经是村子里说话很有分量的人，尽管辈分低，却不影响他说话的分量，由他保存神轴年终祭拜祖宗就是顺理成章的事了。爷爷大约在父亲刚刚成年时便英年早逝了，尽管父亲不再具备爷爷说话的分量，保护神轴祭拜祖宗的活动依旧在我家顺延。在我有资格跟着父亲跪拜祖宗不过两三次之后，这幅神轴转移到另一户人家，这户陈姓人家盖起了宽敞的三间新瓦房，而我家的老房子已经漏雨了，积雪融化滴溜的水滴浸洇了神轴——陈姓列祖列宗神圣到顶礼膜拜的族谱——那是不可饶恕的罪孽。在我跟着父亲到这户祭奉祖宗神轴的房子里去跪拜的时候，对祖宗的虔诚已发生自觉，却也因不在我家里而隐隐感到一缕空虚……再没过几年，在破除封建迷信的"大跃进"年头里，神轴——陈姓族谱据说被焚毁了，大年三十后晌公祭的事再没举办过。我也留下了无法补救的遗憾，搞不清陈姓四辈往上的祖宗，更不知进入西蒋村的陈姓始祖的大名了。

原上有个名叫窑村的村子，乡民多姓陈，是从我们村子迁居到原上的窑村的一户陈姓人家繁衍的族群，每到人年初一，他们搭帮结伙从原上下来，到我家（后来到另一家）祭拜祖宗，原上原下两个村子的陈姓后裔相聚一堂。嘘寒问暖，说收成、谝笑话，其乐融融，我和那些跟随父亲来祭拜祖宗的男娃子们，已经结伙玩耍了，同宗同祖的血缘，似乎确有某种亲情的天然纽带相系结。

卖菜

　　白鹿原上的这村那寨和白鹿原下的这寨那村的人家，多有亲戚关系，原上的姑娘嫁到原下或原坡上的某户人家，也多有原下的姑娘嫁到原上某个村寨的人家，亲戚间的往来就很频繁。单就我们这个不足四十户人家的小村庄说，竟然有六七户人家都和原上有这种最亲近的亲戚关系，而我母亲的娘家（我的舅舅家）就在白鹿原西头的五坊村，两个姨妈家也在原上的两个很大的村子。这样，在我尚未懂事也爬不动坡上很陡的土路的时候，据说是由父亲背着我上原，每年正月头上去向舅爷舅奶舅舅舅母拜年。到我能走得动的时候，一大清早起来便跟着父亲母亲出门上路了，从我们村子通舅家的原上的村子有一条斜路，大约七八里，尽管天气很冷，走上原头的时候早已浑身淌汗了。

　　走上原头的感觉是奇异而又新鲜的。天太宽阔了，直到眼睛所能抵达的模模糊糊的终南山的群峰（那时候尚不知终南山的称谓，当地乡民只说南山）；往北看，对面的北岭（即骊山的南端，同样在那时尚不知骊山的称谓，当地乡民只说北岭），竟然遮挡不住天了；原上一马平川，远远近近散落着大大小小的村寨，无论如何望不见东边原的尽头，便有一种神秘感。我之所以会有这种感觉，完全是我生活的小村庄所在的特定地域造成的。我们的村子紧紧倚靠着白鹿原的北坡，站在村子的任何一个角度，满眼都是熟悉不过的坡坎和峁梁，刀裁一样的原顶遮住了天空，往北看，便是骊山的南麓，同样遮住了天空；在南原和北岭之间，蓝的天或阴的天，永远都是窄窄的一条长绺的天空，当地乡民自我调侃说，生在咱这地方，一辈子只看一绺绺天。绺绺，通常是说布条的，一绺布条。在我能够独立走上白鹿原的时候，宽阔的天和平坦无边的地让我发生奇异的感觉就不足为奇了。

在我更生动鲜活的记忆，是上原卖菜。

在我考上中学的时候，家庭的经济来源没有了，父亲种树卖树供我们兄弟俩上学，无奈树长得太慢，供给不上两个中学生的学杂费；村子里已经建立了农业合作社，即使劳动有盈余，也得等到年终合作社决算后才能分配，况且多数人家都是倒贴户。我在父亲完全无法可想的困局里，上完初一第一学期便休学了，后来在政府的帮助下复学，却错过了一个年级。记得是在复学读完初一的那年暑假，出现了学生卖菜挣学费的新鲜事，而且很快形成了一股风气。那些和我一样先后考入初级中学的乡村学生，其实大多数的家境相差不了多少，十个有九个都上不起每月大约要花费十元钱的学生灶，都是背着一袋子馍上学，每天三顿都是开水泡馍，伴着辣椒酱或咸菜。即使如此节俭，每学期开学的十多元学杂费仍然成为每个学生家长的重而又重的负担。这一年的暑假，不知由哪个村子的哪位脑门活泛又灵动的学生闯出一条挣学费的生财之道，从原下的农业合作社的菜园里趸下时令蔬菜，第二天一早挑着菜担上原，到原上的镇子上去卖，赚下钱来，到暑假结束便高高兴兴交学费了。我很快就加入这个刚刚形成的学生卖菜的不大不小的群体中了，心劲颇高，不用再担心失学了。

白鹿原上自古缺水，俗称旱原。无论大村小寨的乡民，吃水是最大的困难，靠人力打下的深井，水多不旺，而且是人力所能挖到的极限深层了。吃水历来困难，种庄稼自不待说是靠天吃饭，每年只种一料麦子，不种秋田，在于秋禾更费水，而当地的气候特征恰恰是十年有九年的伏天都缺雨水，蔬菜就更谈不上种植了。原下人调侃原上人说，宁可给你一个馍，不舍得给你一碗水。更有甚者说，原上人早晨起来，为节省洗脸水，夫妻兄弟姊妹面对面吐唾沫儿洗脸……原下的一个又一个村庄，门前流着丰沛的灞河清流，每个村子都有引灞河水自流浇灌的水田，还有不少稻地。在个体经营时代，几乎每个村子都有一两户心灵手巧善于抚育蔬菜的农民，便有了收入强过普通庄稼的菜园；到二十世纪五十年代中期农业合作社建立后，每个社里都有相当规模的蔬菜种植地块，作为合作社的副业。我们村子就有五亩地种植着传统的韭菜、大葱、蒜苗、茄子、辣椒和刚刚引进的洋柿子（西红柿）等，合作社社员把这些蔬菜挑到原上的镇子去卖。原上人自古以来就吃着原下人种的菜。

我在我们村子的合作社的菜园里趸下时令蔬菜，多是大葱、韭菜、茄子和西红柿，总量一般不超过五十斤，这是十五岁的我挑菜上原所能承受的极限重量。

我和村子里的小伙伴一起挑菜上原。天微明便爬起来挑着装满蔬菜的竹笼出门了，走不过一里平地便上坡，目的地是狄寨镇——我尚不知是用北宋大将军名字命名的镇子，大约十华里远，上原后到镇子还有约三华里平路，上原的陡坡路占过大半。我挑着蔬菜，出村子时尚不觉得压迫，很快走过一里平地开始踏上上原的坡路的时候，那装着蔬菜的两只竹条笼便沉重起来，出气也急促了，汗水也冒出来了，直到肩膀疼痛不堪，双脚也难以跨步的时候，便招呼伙伴歇一歇……从出家门到上到原顶，少说也要歇四五回，上到原顶的那一刻，肩头的担子几乎是扔到地上的，当即躺倒在地，汗水似乎汹涌而出，喘着粗气的嘴连叫妈的气力都没有了。然而，心里却是一种成功的轻松，最难的坡路爬上来了。待喘息初定，便拿出用布包着的馍来，肚子也咕咕叫起来，吃完一个馍，便挑起两笼蔬菜直奔狄寨镇了。

狄寨镇街道的两边，任由各种商贩自选位置，先到者便先占得街道中间人来人往最稠密的一方地盘。我选定地盘放下装菜的竹条笼，把各色蔬菜都亮出来，便坐在地上迎接买菜的顾客。二十世纪五十年代中期的蔬菜价格，我从合作社趸来的时候，韭菜大约五分钱一斤、大葱一角钱、西红柿七八分钱，挑到镇子卖出时的价格都要翻一倍，开始时咬紧牙关不给购菜者讨价还价的机会，如果销售不顺利，便只好忍痛降低售价了。印象深的事是算账麻烦，那时候还用的是十六两为一斤的秤，买主如果买整数的蔬菜很好结账，如果一斤二斤又带着三两四两，结算就犯难了，我便用小木棍在地上划拉乘法运算，往往惹得那些大叔小婶瘪着嘴笑，逗我说这个"土算盘"算的账准不准？然后才掏出钱来付我。如果卖得顺利，到人去集散的时候卖完最后一秤菜，挑起空笼走出集市的时候，便有一种想喊想唱的快乐；如果眼看着街道上的人越来越稀，笼里的蔬菜还剩下不少，便着慌了，很自然地减价，而且大声呼喊着"便宜了减价了快来买呀"之类的吆喝；如果仍然无人问津，便只好和同样没有卖完菜的伙伴重新挑起菜笼，到镇子周边的村子去叫卖，肯定会贴本儿，这是令人丧气的事。

从初中一年级到高中一年级，每年暑假都是以割草和卖菜为主要劳动项目。原上有三个较大的集镇，各有各的集日，除过一个距家太远的集镇，另两个集镇每逢集日，除过下雨天，我都会挑着两笼蔬菜去赶集，多数时日里都可以赚一元上下的人民币，也有赚不到钱乃至亏本的倒霉事。无论如何，每到暑假结束背着一袋子馍上学去的时候，口袋里装着我自己卖菜挣来的学杂费，是一种坦然，乃至骄傲。有一年卖菜收入颇丰，母亲竟到供销社买来机织的"洋布"，在镇上的裁衣店为我做了一件四兜的制服，我平生第一次穿上了制服。

木板·秧歌

一九五〇年春节过后的一个晚上，父亲把我叫到方桌前，郑重却也平和地说，你明日个去上学。我也不觉得太惊奇，上学的事在年前已经说过不止一回了，只是得知明天就要走进学堂的时候，还是有一种说不清楚是紧张或是受制约的异样的感觉。我没有说话。父亲接着把一支新买的毛笔递给我，还有一沓写大字的仿纸，说，你跟你哥合用一个砚台。我哥早我两年上学，笔墨纸砚备全，我接过写大字的毛笔。拔下那个竹筒笔帽儿，毛笔的竹竿尖头是一撮紫红色动物毛做的笔头，我当即联想到在原坡上割草时撞见的狐狸尾巴的毛，据说好毛笔都是用狐狸的尾巴制作的，称鸡狼毫。

学校设在村子东头的一孔窑洞里。我们的村子倚着白鹿原北坡的坡根自东向西排列，我家是西头倒数第二家，后门外的坡地却是河卵石和河沙的沉积层，这是不知几千乃至几万年前，灞河曾经流过的河床。村子东头却是黄土崖，不见一粒沙石，村民便在崖根下凿成冬暖夏凉的窑洞。这里的窑洞又高又深且宽阔，里边用土坯垒成隔墙，一家两代乃至三代共住一孔窑内。作为学堂的这孔窑，是村子里有房子住的一户人家放置杂物的闲置的窑洞，提供给乡民作学堂，已经使用许多年了。这孔窑洞学堂容纳着二三十个学童，是我村和东蒋村以及处于原坡上的仅有十多户人家的史家坡三个村子的求学的子弟。请来的教书先生的报酬，由上学的学童的家庭分摊，那时候不论钱而论麦子，大约是一九四九年前国民党纸币贬值得和废纸一样，人们常说背一口袋纸币买不来一口袋麦子，乡民们的交易便是以物易物，无论卖地卖树嫁女儿，都以麦子或苞谷为易物。聘请来的教书先生，也是议定一学季给多少斤麦子，具体给多少，我那时不用关心。

我拿着父亲昨晚交给我的毛笔和一沓写大字的仿纸，拘束而紧张地走进那孔窑洞，在自家的方桌旁的自家的长条凳上坐下来。那个时候的乡村学堂，没有公用桌凳，由学童搬来自家的方桌或条桌和凳子上学，有的学童的家长约定合用一张桌子，我家的方桌四边可以坐八个学童，我和我哥之外，另有四五个同村的学童共用一桌。

紧靠窗户是一个土坯垒成的炕。紧靠炕边支着一个方桌。桌上摆着一摞书和一摞纸，还有一个插着粗杆细杆毛笔的笔筒，还有磨墨的砚台。先生正襟危坐在桌边的椅子上。先生很年轻，穿一件淡蓝色长袍，正在给学童写影格。初入学的学童先把先生写好的影格垫在仿纸下面，然后按着影格上的字的笔画在仿纸上照写。我不敢到先生的方桌跟前去，由我哥把一方仿纸送到先生桌上，要求为我写一方影格。约略记得是从一到十最简单的十个字，我把影格铺到仿纸下，模模糊糊可以看到仿纸下的笔画，用蘸了墨汁的毛笔照写起来，尽管横笔不直竖笔歪扭，却总算是我捉笔写出的第一张汉字了。

印象里的先生眉目清秀，却不苟言笑，看去和善的脸上，一旦被哪个学童惹得生起气来，也够怕人的，顺手便抓起摆放在方桌上的足有三尺长的窄木板，抽打那个学童的手掌，打得学童尖声哭叫，他也不会饶恕，说打五板绝不少打一板。我确凿怯惧那把木板，窝着贪玩的野性子，避免了木板击掌的惩罚。我已记不清学习课目的内容，却记得这种延续到一九五〇年春天的老式乡村学堂的格局到秋季就废止了。据说穿蓝袍的先生被政府收编，集中培训去了。人民政府派来了一位新老师，穿着四个兜的干部服，个头高大且粗壮。他到处向乡民申明他是人民教师，要称他是×老师，不许再称他先生；对入学的孩子要称学生，不能称学童了；最让乡民们感到新鲜的是，这位人民教师的报酬由政府每月发给，不用学生家庭分摊，村民们惊喜地说，娃娃念书不掏钱，新社会真好。

我上学的第二个春天，村子里实行了土地改革，我们村子没有划定一户地主或富农的农户，比我们村子少一小半农户的东蒋村划定一户地主成分的人家，土地和财物被分配给穷人了，作为三合院的坐庄建筑——三间大房，收归为公有，议定为初级小学的学校。这样，一九五一年的下学期，我和同学们就在这幢宽敞的大房子里上课了。教室宽敞了，光线也比窑洞亮堂了，却要出村子跑远路上学了，东、西蒋村之间纵着一道不太高的土梁，梁的两边是两条不太深的沟。那时候一天上三次学，我和西蒋村同学便来回翻六次沟和梁，却也从来不觉得累或苦。也是从这学期起始，教室里有了女学生，都是老师耐着心到乡民家里说服开导，应该让女娃上学识字，女学生逐渐多起来了，还有十六七岁的大姑娘也认字求学来了。

每天下午，这位老师领着我们在农民的打麦场上扭秧歌，双手上下轮换甩动，高过肩膀，三步一跳，左右扭摆腰身，动作不复杂，很容易做到，难的是排列的两队不仅要步调节奏一致，而且两队要互相交叉变换队形。后来老师又教给我们一种竹竿秧歌，因为多数学生家里没有竹竿，老师变通为柳条，我们从灞河滩到处都有的柳树上砍下擀面杖粗细的柳树枝，剥掉皮，是洁白的柳杆，再用红颜料涂成红白相间的彩色。按照老师教的竹竿秧歌的舞步跳起来，仍然是三步一跳，右手拿着的竹（柳）竿和着脚步击打左肩再击打右肩，最后击打跳起来的脚掌。同学们个个都练得认真，跳得满头大汗也乐在其中，尤其是打麦场边有许多男女村民和小孩围观的时候，大家跳得更认真了，吹着哨子伴着节奏的老师也更来劲了。

教育局的管理部门组织了一场秧歌赛，分片举行，原坡地区的初级小学会聚在中心小学，我们的竹（柳）竿秧歌别具一姿，独领风骚，随后被安排到原坡和原上的村子里去表演（还有另外几所学校的秧歌队）。每有节日庆祝活动，我们的竹（柳）竿秧歌都受邀表演。我大约刚十岁，跟着老师和同学，攥着一根磨得溜光的竹（柳）竿，扭遍了原下原坡和原上的大寨小村，兜里装着自家的馍或锅盔，所到之处的村子或学校供给开水，歇息下来便吃馍喝水，依旧劲头十足地扭。

直扭到四年级毕业，在当年考高级小学难似考秀才的升学考试中，我竟考中了。当时学习的情况已经基本无记，只留下竹（柳）竿秧歌的记忆。在我后来到原上或原坡的这村那庄走动的时候，偶尔竟会泛出少年时到这里扭秧歌的情景。

种菊小记

　　朋友在一家公园供职，前年送我几盆花色各异的菊花，我大为惊讶，人工竟然能培养出这样争奇斗艳的花色品种来。

　　花谢之后，我便将盆栽菊花送回乡下老家，移栽到小院里。一来是偷懒，免得时时操心旱涝，也少去了天天或隔天浇水的麻烦，土地里毕竟要比花盆耐得伏旱。二来是出于性情，我更喜欢那些自发自然自由生长的原生形态的草木，向来不大欣赏那种裁剪得太规整的东西，包括盆栽花木，尤其不忍心观赏那些被人为地扭曲到奇形怪状的盆景，总是产生欣赏女人小脚的错觉。这样，这几盆菊花一旦移栽到小院的泥土里，便被迫还原为野生形态，任由其发芽、长茎，任由其倒伏在地上。秋来时花儿开了，白色的更显得白，紫色的更显得紫，抽丝带钩的花瓣更显得生动。只是比原先的花要小许多了。小点就小点吧，少了修饰的痕迹，看起来我倒觉得更顺眼。

　　今年清明前，妻子去了一回城乡交界处的古庙会，买了几团菊花的根，同样栽在小院里，一视同仁，一任其自由发展，只是不知道这几种菊花是何品种，开什么形状的花色。一团团的花根埋到地下，也就埋下了一团团的花谜，看着蓬勃起来的叶子和茎秆，常常就有揭开谜底的期待。我在这些菊花旱得叶子发蔫时，便用井水浇个透湿浇个痛快，便可耐得多日高温。入秋后一场阴雨，原有的新栽的菊花秆全都匍匐到地上，扑倒在院中的路径边沿，我也不想扶起它。有乡友来，建议并出主意，弄几根竹棍或树枝，把菊花枝秆儿绑扶起来。我口头应诺，却仍未实施，心里想着，它自己长得太疯太软，它自己撑持不住要扑倒在地，何必要我绑扶。再说铺地的菊花开了，当会是另一种风情，也许呢。

前不久有一次时日不长的外出。回到原下的小院时，映入眼帘的却是一片惹人的金黄，黄得那么灿烂，黄得那么鲜嫩，又黄得那么沉静，令我抑制不住心颤。记得离家时，这一丛丛古庙会上买来的菊花已呈现出繁密的骨朵花苞，我以为花期尚早，因为暑气沤热还在，起码也应在野菊花之后，不料，它率先开了，这一丛菊花的谜就这样揭开，金色铺地，花团锦簇，一团一团的金黄的花朵任性开放，直教我左看右看立着看蹲下看不忍离去。

看到这一丛铺地盛开的菊花，金黄金黄的颜色，脑海里便浮出黄巢那首广为流传的《咏菊》的诗来。说真话，我记着这首诗，却不喜欢这首诗。从表征意义上，我不赞同"我花开罢百花煞"的狭隘小气。如果真应了黄巢的心愿，百花煞尽，只存留菊花，这世界就太单调太孤清了。不光在我不能忍受，恐怕任何正常的人都会不堪的。黄巢的咒语自己未能实现，却在千余年后的"文化大革命"中发生了，中国文坛百花煞尽，只准存活八个样板戏。搞到一花独放独尊，肯定会出麻烦，肯定长久不了的。

从这首诗的深层说，黄巢不过是以菊花自喻，隐含着称王称霸的政治抱负。联想到刚刚做了皇帝的李自成的胡来，以及尚未完全称帝的洪秀全和他的诸王们的胡整，黄巢即使做了皇帝，肯定也强不到哪儿去。只有菊花是无辜的，向来被有风骨的文人学士暗喻明恋地作为傲霜独立品行的一种花，无端地被称帝当王心切的黄巢拉出来称了一回霸，连柔嫩可人的花瓣也被拟化为黄金盔甲。

昨日傍晚，阴霾初开，夕阳在云缝中乍泄乍收。我走出小院，走上村后的原坡，野花凄迷，蚱蜢起落，树青草也绿着，却已分明是秋的景致了。山沟里，坡坎上，一簇簇一丛丛野菊花已经含苞，有待绽放。往昔的记忆中，这山野间的菊花一旦开放，满山遍野都是望不断的金黄，我家小院里的那一丛无法比拟，任何花园里的娇生惯养的公主般的同类也是无法比拟的。那种天风地气所孕育的野菊花，其气象，其烂漫，其率真，都是人工或小院所难以为之的。

作菊花诗两首，以释怀，以备忘。

其一　家菊

含露凝香铺地开，小院金菊报秋来。
秋风秋雨秋阳好，顿生诗情上高崖。

其二　野菊

何事争春斗妍态，不与桃杏一时开。
伏花凋谢香色去，抖出遍山黄花来。

喝茶记事

　　年轻时收入低微，常常为一家人衣食之大事犯愁，岂敢有品茶之类的奢侈事。然而茶水毕竟还是喝过的，大多是别人礼让的，自然谈不上品牌、品位和品种，人家泡什么茶就喝什么茶，红茶绿茶花茶，叶儿的末儿的坨儿的以及刀劈斧斫的砖茶，品位等级不仅不能讲究，其实自己根本就不懂，再说也没有品茶的兴趣。

　　认真地自己买茶叶喝茶，有两回。有一年闹胃病，吃什么东西胃里就冒酸水，大口大口清亮亮的酸水冒将出来，喷到床下和桌下，几乎可以作为洒水息尘之用。发展到胃里开始有隐痛，去看医生。医生轻描淡写地说吃苞谷面、高粱面太多了。我心里反倒加重了负担。这些粗粮是按比例配给的，而且看不出有减少的任何可能，不吃苞谷、高粱，又到哪里找好果子吃？医生给弄了一大包酵母片，又赠送了一剂良方：回去熬砖茶喝，暖暖胃。我的手在口袋里揣摸了许久，还是花大约三毛票买下二两，先试试。那砖茶名副其实，硬如砖头，用刀劈下碎片，搁火炉上熬煮，倒出来竟是如同中药的颜色。然而喝起来毕竟是茶味，只是后味有些苦涩。这是我第一回花钱买奢侈品，当作医病的药用的。

再就有点雷同，仍然是医用。到新时期之初，生活初得改善，可以不再以杂粮为主，我的身体又引出了截然相反的变化，内火太盛。好东西吃多了，热量增加了消耗不完，便聚积而生为火。这是一位中医先生当时剖析病因的诊断词。那火一生成，轻则牙疼，重则小便不畅，且有灼烧似的刺痛。医生给开了一些下火的药丸，又赠我一剂良方：回去常喝点绿茶，绿茶下火。医生是个善解人意的好人，居然指点说：你就买"陕青"喝，很便宜。我很感谢医生，更欣赏"很便宜"这话，所以说他善解人意。初得温饱的我们家，这回真正让我奢侈了一回。我专程赶到西安最大的一家国营茶叶专卖店，把所有货架上的货柜里的茶叶整个参观了一遍，才知道中国出产这么多品种的茶叶，有的价格高得不可思议。最后在货柜的比较冷僻的位置找到了"陕青"，有不同价目的三档，我还是很切温饱"初"得的实际，选了中间一档的，八毛一市两，先买半斤试试，花钱四元。绿茶"陕青"只用开水冲泡，无须费火费劲去熬去煎，而且关键是效果不错，内火得到医治，很少再犯。这回仍是把茶当药用，岂敢说品。

不久，陕南的朋友来西安，便捎给我一两包茶叶，仅从包装上看，都比我买的"陕青"阔气排场得多。茶叶的形状差异十分明显，一条一条有如羽毛，冲水之后便蓬勃起来，绿茵茵一朵初芽的茶叶，水色金黄透亮；不说砖茶，先前的"陕青"也相形见绌了。再细一问，曰："秦巴雾毫。"友人热情而又自豪地吹捧家乡陕南特产，说这茶叶论质标价已与传统权威茶"龙井"齐价，说陕南是中国茶叶开发最早的地区，唐代陆羽所写的中国第一部茶叶专著《茶经》开篇就说，"茶者，南方之嘉木也……巴山峡川生焉"，巴山峡川即指陕南的秦巴山地和汉水流域。然几千年来，这里的茶叶生产仍然处于原始状态，更无名茶。"秦巴雾毫"的研制成功，结束了茶叶诞生母地无名茶的历史。我也较早地品尝了，真是与以往的所有茶味迥然不同。及至一九八九年九月十日在《人民日报》上读到作家王蓬的报告文学《巴山茶痴》，我才得知"秦巴雾毫"的创造者名叫蔡如桂。

他为陕西第一个名茶的诞生，几乎耗尽了整个青春和心血，包括牢狱之苦。读罢，我默然无语，直觉得心闷气憋，这蔡如桂便哽在心头吐也吐不出来了。

六七年后，我在汉中见到了蔡如桂，竟是一条壮汉，年过六旬，头发依然稠如乌鬓，走路雄壮威武，说话节奏极快，一身西装穿着却显不出挺括，倒像是一位管护茶园的农夫。早已喝过他培育的名茶，又从王蓬文章里了解了他的生命历程，所以一见便如故人。我说，你就那么简单地被弄进监狱去了？他淡淡地笑笑，就那么简单。我就觉得很无奈，把人简单随便地扔进监狱，扔者和被扔者之后都相安无事，除了无奈还能说什么。

现在我可以勉强地说进入品茶档次了，唯"秦巴雾毫"为最爱。在办公室在家中，在旅途在陌生的新地，捏一撮羽毛样的"秦巴雾毫"丢入茶杯，冲出淡淡的金色茶水，喝着品着，便有蔡如桂先生如影随形似的陪我聊天，由品茶而进入品读蔡如桂其人了。

蔡如桂，安徽人，安徽农业大学茶业系毕业后，分配到陕南秦岭和巴山里最偏僻最贫瘠的镇巴县，从二十几岁的小伙子到年届六旬的老汉，整整一生就在那个地方没有挪过一回窝儿，不是别人不给他挪，他压根儿就没有想过要挪窝儿。那窝里有茶园，是他安身立命的乐园。他终于把那些像晾晒柴草一样晾晒茶叶的农民教会炮制精品茶叶了，他自己也创造出"秦巴雾毫"这样的名茶了。然而就是这样一个痴情茶叶发展的难得的人才，却被一个副县长执意而又随便地扔进监狱。事因太简单，这位副县长在干部会上号召乡民毁林开荒，扩大粮食种植面积。作为县人民代表大会代表的蔡如桂提醒说，国家森林法已法定了，你说的那些地带是不能开荒的。就这么一句话，就这么一句纠正这位副县长违反国家森林法的话，他被这位副县长弄进监狱改造了近两年，在社会和民众的舆论压力下，才获释了。我总也不可理解，这位仅仅因为当众被伤了点面子的副县长，怎么会有如此大的毒劲，把一个为陕南茶叶事业奉献了毕生精力且卓有建树的人扔进监狱？

任何想在这个世界上成就一番事业的人，先天的智慧和后天的持之不懈的探求是必备的条件，吃苦与艰难，也是自不必说要经受的，非此就不会有重大发现和发明产生，这种精神准备也要十分充足。然而，蔡如桂怎么也不会想到，会因为一句维护国家庄严法律却伤了一位副县长面子的话而坐牢。坐了牢了，在初春时节茶叶冒尖的关键时刻，他要去指导茶农采摘和科学炮制，误了季节就误了一年的茶叶。他三番五次口头申请又书面报告：我要去指导茶农采茶，可以派两个公安战士押解着我上山！我初读到这里便按捺不住心颤。后来许多年里，一边品着蔡如桂的茶叶，一边品读着他的行为和声音，成为医治我的懒惰和软弱的良方。

今年春天，新茶上市，蔡如桂以自己创办的茶叶公司老板的身份赶到西安，推销今年的第一茬新茶，也带给我两包，打开即有一股幽幽的香气扑面而来。他又送我一本《茗饮之道》的书籍，是专讲品茶之道的雅著。不读不知自己的浅陋，读罢才知品茶的传统和现代功夫的深奥，鉴定自己其实比早年把茶当药用的水准并无什么长进，充其量只够喝茶的一般概念，离"品"的档次尚远。然而品也罢，喝也罢，只要有"秦巴雾毫"这样的好茶和蔡如桂那样对事业的痴情相伴，我已知足了。

火晶柿子

——《我的树》之四

我喜欢柿树。柿子好吃，这是最主要的因由。柿树不招虫害，任何害虫病菌都难以近身，大约是柿树特有的那种涩味构成了内在的天然抗拒，于是便省去了防虫治病的麻烦，也不担心农药残留的后患。柿树又很坚韧，几乎与榆槐等柴树无异，既不要求肥力和水分，也不需要任何稍微特殊的呵护。庭院里可以栽植，水肥优良的平川地里可以苗壮，土瘠水缺的干旱的山坡上、塄畔上同样蓬蓬勃勃，甚至一般柴树也畏怯的红石坡梁上，柿树仍可长到合抱粗。按照习惯或者说传统，几乎没有给柿树施肥浇水的说法。然而果实柿子却不失其甘美。

在柿树家族里，种类颇多。最大个儿的叫虎柿，大到可称出半斤。虎柿必须用慢火温水浸泡，拔去涩味儿，才香甜可口。然慢火的火功和温水的温度要随机变换，极难把握，稍有不当就会温出一锅僵涩的死柿子，甭说上市卖钱，白送人也送不出去。再说这种虎柿还有一个致命的弱点，不能存放，温熟之后即卖即食，隔三天两日尚可，再长就坏了，属于典型的时令性水果。还有一种民间称为义生的柿子，个头也比较大，果实变红时摘下，搁置月余即软化熟透，味道十分香甜。麻烦的是软化后便需尽快出手，或卖钱或送亲友或自家享受，稍长时间便皮儿崩裂柿汁流出，不可收拾，长途运送都是比较难以解决的问题。再有一种名曰火罐的柿子，果实较小，一般不超过半两，尽管味道与火晶柿子无甚差异，却多核儿，成为重大的弹嫌之弊，所以不被钟爱，几乎遭到淘汰而绝种，反正我已多年不见此物了。只有火晶柿子，在柿树家族中逐渐显出优长来，已经成为独秀柿族的王牌品种了。

火晶，真是一个热烈而又令人富于想象的名字。火是这种柿子的色彩，单一的红，红的程度真可以用"红彤彤"来形容来喻示。我在骊山南麓的岭坡上见到过那种堪称红彤彤的景观，一棵一棵大到合抱粗的柿树，叶子已经落光掉净了，枝枝丫丫上挂满繁密的柿子，红溜溜或红彤彤的，蔚为壮观，像一片自燃的火树。"火晶"名字中的"火"字大约由此而产生，"晶"也就无须阐释或猜想了。把"火"的色彩与"晶"字联结起来，便成为民间命名的高雅一种，恐怕只有民间的智者才会创造出这样一个雅俗共赏的柿子的名字来。

火晶柿子比虎柿比义生柿子小，比火罐柿子大，个重两余，无核。在树上长到通体变成橙黄时摘下来，存放月余便软化熟透，尤其耐得存放，保管得法的农户甚至可以保存到春节以后，仍不失其新鲜甘美的原味。食时一手捏把儿，一手轻轻掐破薄皮儿，一撕一揭，那薄皮儿便利索地完整地去掉了，现出鲜红鲜红的肉汁，软如蛋黄，却不流，吞到口里，无丝无核儿，有一缕蜂蜜的香味儿。乡间小贩摆卖火晶柿子的摊位上，常见蜜蜂"嗡嗡"盘绕不去，可见其诱惑。

关中盛产柿子，尤以骊山为代表的临潼的火晶柿子最负盛名。一种名果的品质决定于水土，这是无法改变的常识。我家居骊山之南，白鹿原原坡之北，中间流着一条倒淌河灞水，形成一条狭窄的川道，俗称灞川，逆水而上经蓝田约五十里进入王维的辋川。由我祖居的老屋涉过灞水走过平川登上骊山南麓的坡道，大约也就半个小时。水土和气候无大差异，火晶柿子的品质也难分上下，然而形成气候形成品牌的仍然是临潼。

大约是"文化大革命"后期，诺罗敦·西哈努克亲王偕妻引子到西安时，参观兵马俑往来的路上，王子发现路边有农民摆的火晶柿子小摊，问及此果，陪随人员告之。回到西安下榻处，有心的接待人员已经摆放好一盘经过精心挑选的火晶柿子，并说明吃法。王子生长在热带，未见过亦未吃过北方柿子并不足怪，恰是这种中国关中的火晶柿子令其赞赏不绝，直到把一盘火晶柿子吃完，仍然还要，不管斯文且不说了，连陪随人员的劝告（食多伤胃）也任性不顾。果然，塞了满肚子火晶柿子的王子到晚上闹

143

起肚子来，引起各方紧张，直接报告北京有关领导，弄出一场虚惊。王子虽然经历了一个难受的夜晚，离开西安时仍不忘要带走一篮火晶柿子。

这个真实的传闻流传颇广。在关中普通到不能再普通的柿子，竟然上了招待外宾的果盘，而且是高贵的王子，确实令当地人始料不及。想来也不足为奇，向来都是物以稀为贵的。二十世纪八十年代中期，我到与临潼连界的蓝田县查阅县志时发现，清末某年，关中奇冷，柿树竟然死绝了。我得到一个基本常识，柿树原来耐不得严寒的。但那年究竟"奇冷"到怎样的程度，却是无法判断的，那时怕是连一根温度计也没有的。到二十世纪九十年代头上，我在原下的祖屋写作《白鹿原》的时候，这年冬天冻死了一批柿树，我至今记得这年冬天的最低温度为零下十四摄氏度，持续了半月左右，这是几十年来西安最冷的一个冬天。村子里许多农户刚刚挂果的葡萄统统冻死了，好多柿树到春末夏初还不发芽，人们才惊呼柿树被冻死了。我也便明白，清末冻死柿树的那年冬天"奇冷"的程度，不过是零下十几摄氏度而已。

编志人在叙述"奇冷"造成的灾害时，加了一句颇带怜悯情调的话，曰：柿可当食。我便推想，平素当作水果的柿子，到了饥馑的年月里，就成为养生活命的吃食了。确凿把柿子顶做粮食的事发生在二十世纪六十年代初的"三年困难"时期，及十年"文化大革命"之中，临潼山上的山民从生产队分回柿子，五斤顶算一斤粮食。想想吧，作为口福消遣的柿子是一种调节和品尝，而作为一日三餐的主食，未免就有点残酷。然而，我又胡乱联想起来，被当地山民作为粮食充饥的柿子，在西哈努克王子那里却成为珍果，可见人的舌头原本是没有什么天生贵贱的。想到近年某些弄得一点名堂的人，硬要做派出贵族状，硬要做派出龙种凤胎的不凡气象，我便担心这其中说不准会潜伏着类似火晶柿子的滑稽。

我在祖居的屋院里盖起了一幢新房，这是二十世纪八十年代中期的事，当时真有点"李顺大造屋"的感受。又修起了围墙，立了小门楼，街门和新房之间便有了一个小小的庭院。我便想到栽一株柿树，一株可以收获火晶柿子的柿树。

我的左邻右舍及至村子里的家家户户，都有一棵两棵火晶柿树，或院里或院外；每年十月初，由绿色转为橙黄的柿子便从墨绿的树叶中脱颖而出，十分耀眼，不说吃吧，单是在屋院里外撑起的这一方风景就够惹眼了。我找到内侄儿，让他给我移栽一棵火晶柿子树。内侄慷慨应允，他承包着半条沟的柿园。这样，一株棒槌粗的柿树便植栽于小院东边的前墙根下，这是秋末冬初最好的植树时月里做成的事。

这株柿树栽下以后，整个前院便生动起来。走出屋门，一眼便瞅见高出院墙沐着冬日阳光的树干和树枝，我的心里便有了动感。新芽冒出来，树叶日渐长大了，金黄色的柿花开放了，从小

145

草帽一样的花萼里托出一枚枚小青果，直到缀满枝丫的红灯笼一样的火晶柿子在墙头上显耀……期待和祈祷的心境伴我进入漫长的冬天。

二十世纪五十年代初我读小学时，后屋和厦房之间窄窄的过道里有一株火晶柿树，若小碗口粗，每年都有一树红亮亮的柿子撑在厦房房瓦上空。我于大人不在家时，便用竹竿偷偷打下两三个来，已经变成橙黄的柿子仍然涩涩的，涩味里却有不易舍弃的甜香。母亲总是会发现我的行为，总是一次又一次斥责，你就等不到摘下捂软了熟了吗？直到某一年，我放学回家，突然发现院里的光线有点异样，抬头一看，罩在过道上空的柿树的伞盖没有了，院子里一下子豁亮了。柿树被齐根锯断了。断茬上敷着一层细土。从断茬处渗出的树汁浸湿了那一层细土，像树的泪，也似树的血。我气呼呼问母亲。母亲也阴郁着脸，告诉我，是一位神汉告诫的。那几年我家灾祸连连，我的一个小妹夭折了，一个小弟也在长到四五岁时夭亡了，又死了一头牛。父亲便请来一个神汉，从前院到后院观察审视一番，最终瞅住过道里的柿树说：把这树去掉。父亲读过许多演义类小说，于这类事比较敏感，不用神汉阐释，便悟出其中玄机，"柿"即"事"。父亲便以一种泰然的口吻对我说，柿树栽在家院里，容易生"事"惹"事"。去掉柿树，也就不会出"事"了。我的心里便怯怯的了，看那锯断的柿树茬子，竟感到了一股鬼气妖氛的恐惧。

没有什么人现在还相信神汉巫师装神弄鬼的事了，起码在"柿"与"事"的咒符上是如此。因为我的村子里几乎家家户户的院里门外都有一株或几株柿树。人在灾变连连打击下便联想到神的惩罚和鬼的作祟，这种心理趋势由来已久，也并非只是科学滞后的中国乡村人独有，许多民族，包括科学已很发达的民族也颇类同，神与鬼是人性软弱的不可避免的存在。我在前院栽下这棵柿树，早已驱除了"柿"与"事"的文字游戏式的咒语，而要欣赏红柿出墙的景致了。漫长的冬天过去了。春风日渐一日温暖起来。我栽的柿树迟迟不肯发芽。

直到春末夏初，枝梢上终于努出绿芽来。我兴奋不已，证明它活着。只要活着就是成功，就有希望。大约两个月之后，进入伏天，我终于发觉不妙，那仅仅长到三四寸长的幼芽开始萎缩。无论我怎样浇水，疏松土壤，还是无可挽回地枯死了。

这是很少有的现象，我喜欢栽树，不敢说百分之百成活，这样的情况确实极少发生。这株火晶柿子树是我尤为用心栽植的一棵树，它却死了。我久久找不出死亡的原因，树根并无大伤害，树的阴阳面也按原来的方向定位，水也及时适度浇过，怎么竟死了呢。问过内侄儿，他淡淡地说，柿树是很难移栽的，成活率极低。我原是知道这个常识的，却自信土命的我会栽活它。我犯了急功近利轻易求取成功的毛病，急于看到一棵成景的柿树。于是便只好回归到最老实之点，先栽软枣苗子，然后嫁接火晶柿子。

一种被当地人称作软枣的苗子，是各种柿树嫁接的唯一的砧木。软枣生长十分泼势，随便甚至可以说马马虎虎栽下就活了。我便在小院的西北角栽下一株软枣，一年便长到齐墙的高度。第二年夏初，请来一位嫁接果树的巧手用俗称热粘皮的芽接法一次成功，当年冒出的正儿八经的火晶柿子的新枝，同样蹿起一人高。叶子大得超过我的巴掌，新出的绿色的干儿竟有食指粗，那蓬勃的劲头真正让我时时感知初生生命的活力。为了防止暴风折断它的尚为绿色的嫩干，我为它立了一根木杆，绑扶在一起，一旦这嫩干变成褐黑色，显示它已完全木质化了，就尽可放心了。我于兴奋鼓舞里独自兴叹，看来栽成树走捷径还是不行的。这个火晶柿子树的起根发苗的全过程完成了，我也就留下了一棵树的生命的完整印象，至今难以忘怀。

这株火晶柿树后来就没有故事了。没有虫害病菌侵害，在院里也避免了牛马猪羊的骚扰，对水呀肥呀也不讲究，呼呼啦啦就长起来了，分枝分杈了，长过墙头了，形成一株青春活力的柿树了。这年冬天到来时，我离开久居的祖屋老院迁进城里去，一年难得回来几次。有一年回来正遇着它开花，四方卷沿的米黄色小花令人心动，我忍不住摘下两朵在嘴里嚼着咽下，一股带涩的甜味儿，竟然回味起背着父母用竹竿偷打下来的生柿子的感觉。

今年春节一过，我终于下定决心回归老家，争取获得一个安静吃草安静回嚼的环境。我的屋檐上时有一对追逐着求偶的"咕咕咕"叫着的斑鸠。小院里的树枝和花丛中常常栖息着一群或一对色彩各异的鸟儿。隔墙能听到乡友们议论天气和庄稼施肥浇水的农事。也有小牛或羊羔蹿进我忘了关闭的大门。看着一个个忙着农事、忙着赶集售物的男人女人毫不注意修饰的衣着，我常常想起那些高级宾馆车水马龙衣冠楚楚口红眼影的景象。这是乡村，那是城市，大家都忙着，大家都在争取自己的明天。

我的柿树已经碗口粗了。我今年才看到了它出芽、开花、坐果到成熟的完整的生命过程。十月初，柿子日渐一日变得黄亮了，从浓密的柿树叶子里显现出来，在我的墙头上方，造成一幅美丽的风景。我此时去了一趟滇西，回来时，妻子已经让人摘卸了柿子。

装在纸箱里的火晶柿子开始软化，眼见得由橙黄日渐一日转变为红亮。有朋自城里来，我便用竹篮盛上，忍不住说明：这是自家树上的产物。多路客人无论长幼无论男女，无不惊叹这火晶柿子的醇香，更兼着一种自家种植收获的乡韵。看着客人吃得快活，我就想起一件有关火晶柿子的逸事。某年参加一个笔会，与一位作家朋友聊天，他说某年到陕西参观兵马俑的路上品尝了火晶柿子，尤感甘美，临走时又特意买了一小篮，带回去给尚未尝过此物的南方籍的夫人。这种软化熟透的火晶柿子稍碰即破，当地农民用剥去了粗皮的柳条编织的小篮儿装着，一层一层倒是避免了挤压。他一路汽车火车，此物不能装箱，就那么拎着进了家门，便满怀爱心献给了亲爱的夫人。揭开柳条小篮，取出上边一层红亮亮的柿子，顿觉情况不妙，下边两层却变成了石头。可以想象他的懊丧和生气之状了。事过多年和我相遇，聊起此事，仍然火气难抑，末了竟冲我说，人说你们陕西人老实，怎么这样恶劣作假？几个柿子倒不值多少钱，关键是让我几千里路拎着它，却拎回去一篮子石头，你说气人不气人？这在谁都会是懊丧气恼的，然而我却调侃道，假导弹假飞船没准儿都弄出来了，陕西农民给柿篮子里塞几块石头，在造假行业里，只能算是启蒙生或初级水平，你应该为我的乡党的开化而庆祝。朋友也就笑了。我随之自我调侃，你知道我们陕西人总结经济发展滞后的原因是什么吗？不急不躁，不跑不跳，不吵不闹，不叫不到，不给不要，所谓关中人的"十不"特性。所以说，一个兵马俑式的农民用当地称作料僵石（此石特轻）的石头冒充火晶柿子，把诸如我所钦敬的大城市里的名作家哄了骗了涮了一回，多掏他几枚铜子，真应该庆祝他们脑瓜里开始安上了一根转轴儿，灵动起来了。

玩笑说过也就风吹雨打散了。我却总想着那些往柳条编的小篮里塞进冒充火晶柿子的石头的农民乡党，会是怎样一种小小的得意……

麦饭
——关中民间食谱之一

按照当今已经注意营养分析的人们的观点，麦饭属于真正的绿色食物。

我自小就有幸享用这种绿色食物。不过不是具备科学的超前消费的意识，恰恰是贫穷导致的以野菜代粮食的饱腹本能。

早春里，山坡背阴处的积雪尚未褪尽消去，向阳坡地上的苜蓿已经从地皮上努出嫩芽来。我掐苜蓿，常和同龄的男女孩子结伙，从山坡上的这一块苜蓿地奔到另一块苜蓿地，这是幼年记忆里最愉快的劳动。

苜蓿芽儿用水淘了，拌上面粉，揉、搅、搓、抖均匀，摊在木屉上，放在锅里蒸熟。出锅后，用熟油拌了，便用碗盛着，整碗整碗地吃，拌着一碗玉米糁子熬煮的稀饭，可以省下一两个馍来。母亲似乎从我有记忆能力时就擅长麦饭技艺。她做得从容不迫，干、湿、软、硬总是恰到好处。我最关心的是，拌到苜蓿里的面粉是麦子面儿还是玉米面儿。麦子面儿俗称白面儿，拌就的麦饭软绵可口，玉米面拌成的麦饭就相去甚远了。母亲往往会说，白面断顿了，得用玉米面儿拌；你甭不高兴，我会多浇点熟油。我从解知人言便开始习惯粗食淡饭，从来不敢也不会有奢望寄予；从来不会要吃什么或想吃什么，而是习惯于母亲做什么就吃什么，没有道理也没有解释，贫穷造就的吃食的贫乏和单调是不容选择或挑剔的，也不宽容娇气和任性。

麦子面拌就的头茬苜蓿蒸成的麦饭，再拌进熟油，那种绵长的香味的记忆是无法泯灭的。

按照家乡的风俗禁忌，清明是掐摘苜蓿的终结之日。清明之前，任何人家种植的苜蓿，尽可以由人去掐去摘，主人均是一种宽容和大度。清明一过，便不能再去任何人家的苜蓿地采掐了，苜蓿要作为饲草生长了。

苜蓿之后，我们便盼着槐花。山坡和场边的槐花放白的时候，我便用早已备齐的木钩挑着竹笼去采捋槐花了。

槐花开放的时候，村巷屋院都是香气充溢着。

槐花蒸成的麦饭，另有一番香味，似乎比苜蓿麦饭更可口。这个季节往往很短暂，家家男女端到街巷里来的饭碗里，多是槐花麦饭。

按照今天已经开始青睐绿色食品的先行者们的现代营养意识，我便可以耍一把阿Q式的骄傲，我们祖宗比你阔多了，他们早早都以苜蓿、槐花为食了。

到了难忘的二十世纪六十年代，被史称"三年困难"时期的六十年代初，家乡的原坡和河川里一切不含毒汁的野菜和野草，包括某些树叶，统统都被大人小孩挖、掐、拔、摘、捋回家去，拌以少许面粉或麸皮，蒸了，食了，已经无油可拌。这样的麦饭已成为主食，成为填充肚腹的坐庄食物。男人女人老人小孩都别无选择，漂亮的脸蛋儿和丑陋的黑脸也无法挑剔，都只能赖此物充饥，延续生命。老人脸黄了肿了，年轻人也黄了肿了，小孩子黄了肿了，漂亮的脸蛋儿黄了肿了时尤为令人叹惋。看来，这种纯粹以绿色野菜野草为食物的实践，却显示出残酷的结果，提醒今天那些以绿色食物为时尚为时髦的先生太太们切勿矫枉过正，以免损害贵体。

　　近日和朋友到西安大雁塔下的一家陕北风味饭馆就餐，一道"洋芋叉叉"的菜令人费解。吃了一口便尝出味来，便大胆探问，可是洋芋麦饭？延安籍的女老板笑答，对。关中叫麦饭，陕北叫洋芋叉叉。把洋芋擦成丝，拌以上等白面，蒸熟，拌油，仍然沿袭民间如我母亲一样的农家主妇的操作规程。陕北盛产洋芋，用洋芋做成麦饭，原也是以菜代粮，变换一种花样，和关中的麦饭无本质差别。不过，现在由服务生用瓷盘端到餐桌上来的洋芋叉叉或者说洋芋麦饭，却是一道菜，一种商品，一种卖价不小的绿色食品，城里人乐于掏腰包并赞赏不绝的超前保健食品了。

家乡的原野上，苜蓿种植已经大大减少。已经稀罕的苜蓿地，不容许任何人涉足动手掐采。传统的乡俗已经断止。主人一茬接着一茬掐采下苜蓿芽来，用袋装了，用车载了，送到城里的蔬菜市场，卖一把好钱。乡俗断止了，日子好过了，这是现代生活法则。

母亲的苜蓿麦饭、槐花麦饭已经成为遥远而又温馨的记忆。

搅团

——关中民间食谱之二

　　家乡灞河川道自古盛产苞谷。由苞谷面儿做的搅团便应运而生，历久不衰，绵延至今。

　　把新磨下的苞谷面儿，在滚开的铁锅里抛撒，一边撒着，一边用木勺搅动。顺时针搅一阵子，再逆时针搅一阵子。苞谷面儿要一把一把均匀地撒下去，不匀则容易结成搅不开的干面疙瘩。灶锅底下的火不能灭断，灶下大火烧着，锅里撒着搅着，紧张而又热烈，一般均需夫妻二人同时搭手默契配合，才能打出一锅好搅团。搅团这种饭食的操作过程，常常可以看到农家夫妻的温情和爱意。夫妻间闹了气儿，男方或女方企图结束冷战状态，便会提议打搅团。在灶下和锅台上近在咫尺的夫妻紧密配合中，搅团打成了，夫妻关系也重修旧好了。

　　这种搅团，说白了，不过是一锅糨糊。

　　然而，绝对区别于一般的糨糊。

　　一锅用苞谷面打成的糨糊。

一般的糨糊，必须用麦子面打成才黏。苞谷面黏力不足，即使农家主妇双手抱着木柄大勺搅动，那搅团只增加筋道却不甚黏糊。所以，地道的搅团必以苞谷面为原料。麦子面打出的反而真成了糨糊。

　　苞谷面搅团千家万户的锅里打出来的大同小异，区别在于臊子。最简单的是用好醋好酱调汤，伴以葱花蒜泥佐味，有香油滴入自然更好。复杂一点的是用臊子浇汤。用荠菜做汤浇到搅团碗里，野味鲜味俱佳。最复杂的臊子，在关中东府如同臊子面的臊子做法一样，肉丁红白萝卜丁黄花木耳等烩成臊子，浇到搅团之上，那是超常享受了。以上均为热搅团。

　　搅团凉吃亦很别致。用勺舀到可以下漏的竹篮里，轻压轻挤，搅团便像一条条小鱼或更像蝌蚪一样漏进盛水的盆里。再携出来，调进酸辣调味品，口感好极了，怀娃娃的孕妇尤好此食。再把搅团晾在案板上，摊平，冷却后切成小块，调了油盐酱醋，作为喝稀饭的佐菜。一边是热烫的苞谷糁子稀饭，一边是冰凉可口的搅团，男女皆好此一热一冷的刺激。还有烩搅团，不再赘述。

　　无论热吃凉吃烩了吃，谁都明白，只是把苞谷这种粗粮变一个花样以图好进口罢了。

　　少年和青年时期，粗粮为主，苞谷坐庄。苞谷稀饭苞谷馍馍，一天三顿均为黄颜色的苞谷做成的饭食，民间戏谑：早上苞谷吃，晌午苞谷喝，晚上苞谷把皮脱。搅团便是把难吃的苞谷面儿变一种饭食花样。农村孩子，没有谁能逃躲苞谷饭食的，自然也逃躲不了搅团。

搅团又被乡人戏称"哄上坡"。说它耐不得饥，易消化。肚子吃得膨胀，干活去走到坡上就又饿了。我曾经发过誓，如果能有福分不吃搅团，我将永远不再想它。

当我和乡民都以白面为主食的日子到来时，过了几年，却想吃搅团了，真是不曾料到。随着年岁递增，对这种曾经厌腻透了的饭食更多一层回味与依恋。

到渭南市，作家李康美约我到他家吃饭，我首选搅团。李夫人买来新磨的苞谷面儿，味道真是好极了。

到咸阳市，作家文兰约我吃饭，我仍然首推搅团。文兰又约来作家叶广芩，说她已早有约求，待有搅团吃时一定相告。叶广芩有清室皇家血统，想品尝关中民间饭食，自然除了新鲜，还有体验民情之美意。不料，我等吃得满头大汗口香腹胀仍不想丢碗筷，叶氏广芩却一脸茫然，感叹：我就一种感觉——猫吃糨子嘛！

陕西省作家协会院内有一家搅团专业户，便是文学评论家李星。平均每周至少打一次搅团，从春吃到夏，吃到秋再吃到冬，全以时令蔬菜做汤拌着。我等想吃搅团，便先告知一声，多撒一把苞谷面儿。或是在楼下闻到搅团锅底烧着了的香味，便直接上楼去讨一碗吃。人说，李星写了大半辈子文学评论，打了半辈子搅团。

搅团而今也被开发被提升到大小饭店的食谱上，卖得一手好价，真是大出我半生之意料，惊疑今天富裕了的人疯了。

我的秦腔记忆

在我最久远的童年记忆里顶快活的事，当数跟着父亲到原上原下的村庄去看戏。

父亲是个戏迷，自年轻时就和村子里几个戏迷搭帮结伙去看戏，直到年过七旬仍然乐此不疲。我童年跟着父亲所看的戏，都是乡村那些具有演唱天赋的农民演出的。开阔平坦的白鹿原上和原下的灞河川道里，只有那些物力雄厚而且人才济济的大村庄，不仅能凑足演戏的不小开销，还能凑齐生、旦、净、末、丑的各种角色。我们这个不足四十户人家的村子，演戏是连想也不敢想的事，我和父亲就只有到原上和原下的那些大村庄去看戏了。

不单在白鹿原，整个关中和渭北高原，乡村演戏集中在一年里的两个时段，是农历的正月二月和伏天的六月七月。正月初五过后直到清明，庆祝新年佳节和筹备农事为主题的各种庙会，隔三岔五都有演出，二月二是传统习惯里的龙抬头日，形成演出高潮，原上某个村子演戏的乐声刚刚偃息，原下灞河边一个村子演戏的锣鼓梆子又敲响了，常常发生这个村和那个村同时演出的对台戏。再是每年夏收夏播结束之后相对空闲的一个多月里，原上原下的大村小寨都要过一个各自约定的"忙罢会"。顾名思义，就是累得人脱皮掉肉的收麦种秋的活儿忙完了，该当歇息松弛一下，约定一个吉祥日子，亲朋好友聚会一番，庆祝一年的好收成。这个时节演戏的热闹，甚至比新年正月还红火，尤其是风调雨顺小麦丰收，家家仓满囤溢的年份。

我已记不得从几岁开始跟父亲去看戏，却可以断定是上学以前的事。我记着一个细节，在人头攒动的戏台下，父亲把我架在他的肩上，还从这个肩头换到那个肩头，让我看那些我弄不清人物关系也听不懂唱词的古装戏。可以断定不过五六岁或六七岁，再大他就扛架不起了。我坐在父亲的肩头，在自己都感觉腰腿很不自在的时候，就溜下来，到场外去逛一圈。及至上学念书的寒暑假里，我仍然跟着父亲去看戏，不过不好意思坐父亲的肩膀了。

同样记不得跟父亲在原上原下看过多少场戏了，却可以断定我那时候还不知道自己看的戏种叫秦腔。知道秦腔这个剧种称谓，应在二十世纪五十年代中期离开家乡进西安城念中学以后，我十三岁。看了那么多戏，却不知道自己所看的戏是秦腔，似乎于情于理说不通。其实很正常，包括父亲在内的家乡人只说看戏，没有谁会标出剧种秦腔。原上原下固定建筑的戏楼和临时搭建的戏台，只演秦腔，没有秦腔之外的任何一个剧种能登台亮彩，看戏就是看秦腔，戏只有一种——秦腔，自然也就不需要累赘地标明剧种了。这种地域性的集体无意识就留给我一个空白，在不知晓秦腔剧种的时候，已经接受秦腔独有的旋律的熏陶了，而且注定终生都难能取代的顽固心理。

在瓦沟里的残雪尚未融尽的古戏楼前，拥集着几乎一律黑色棉袄棉裤的老年、壮年和青年男人，还有如我一样不知子丑寅卯的男孩，也是穿一个冬天开缝露絮的黑色棉袄棉裤，旱烟的气味弥漫不散。伏天"忙罢会"的戏台前，一片或新或旧的草帽遮挡着灼人的阳光，却遮不住一幢幢淌着汗的紫黑色裸膀，汗腥味儿和旱烟味儿弥漫到村巷里。我在这里接受音乐的熏陶，是震天轰响的大铜锣和酥脆的小铜锣截然迥异的响声，是间隔许久才响一声的沉闷的鼓声，更有作为乐团指挥角色的扁鼓密不透风干散利爽的敲击声，板胡是秦腔音乐独有的个性化乐器，二胡永远都是作为板胡的柔软性配乐，恰如夫妻。我起初似乎对这些敲击类和弦索类的乐器的音响没有感觉，跟着父亲看戏不过是逛热闹。记不得是哪一年哪一岁，我跟父亲走到白鹿原顶，听到远处树丛笼罩着的那个村子传来大铜锣和小铜锣的声音，还有板胡和梆子以及扁鼓相间相错的声响，竟然一阵心跳，脚步不自觉地加快了，一种渴盼锣鼓梆子扁鼓板胡二胡交织的旋律冲击的欲望潮起了。自然还有唱腔，花脸和黑脸那种能传到二里外的吼唱（无麦克风设备），曾经震得我捂住耳朵，这时也有接受的颇为急切的需要了；白须老生的苍凉和黑须须生的激昂悲壮，在我太浅的阅世情感上铭刻下音符；小生和花旦洋溢着阳光和花香的唱腔，是我最容易发生共鸣的妙音；还有丑角里的丑汉和丑婆婆，把关中话里最逗人的语言做最恰当的表述，从出台到退场都被满场子的哄笑迎来送走……我后来才意识到，大约就从那一回的那一刻起，秦腔旋律在我并不特殊敏感的乐感神经里，铸成终生难以改易更难替代的戏曲欣赏倾向。

我记不得看过多少回秦腔戏了。有几次看戏的经历竟终生难忘。上学到初中三年级，学校在西安东郊的纺织工业重镇边上，宿舍在工人住宅区内。晚自习上完，我和同伴回宿舍的路上，听到锣鼓梆子响，隐隐传来男女对唱，循声找到一个露天剧场，是西安一家专业剧团在为工人演出，而且有一位在关中几乎家喻户晓的须生名角。戏已演过大半，门卫已经不查票了，我和同学三四个人就走进去，直到曲终人散。无论从哪方面说，都比乡村戏台上那些农民的演出好得远了，我竟兴奋得好久睡不着觉。第二天早上走进学校大门，教导主任和值勤教师站在当面，把我叫住，指令站在旁边。那儿已经站着两个人，我一看就明白了，都是昨晚和我看戏的同伴——有人给学校打小报告了。教导主任是以严厉而著名的。他黑煞着脸，狠声冷气地训斥我和看戏的同伙。这是我学生生活中唯一的一次处罚……

二十多年后的一九八〇年，我被任命为区文化局副局长的同

162

时，新任局长就是训斥并让我罚站的教导主任。我和他握手的那一刻，真是感慨"人生何处不相逢"灵验了。从和他握手直到我离开这个单位，始终都不曾提及此事。他肯定不记得这件事了，他训斥过可能就置诸脑后了，又忙着训导另一位违纪的学生去了。不过，这个时候的他，已经半老，依然严厉的脸上总是洋溢着微笑，大笑的时候很爽朗。一张棱角严厉的脸无论畅怀大笑还是微笑，尤其生动感人，甚为可爱。

还有一次难泯的记忆。这是"四人帮"倒台不久的事。西安城里那些专业秦腔剧团大约还在观望揣摩文艺政策能放宽到何种程度的时候，关中那些县管的也属专业的秦腔剧团破门一拥而出了，几乎是一种潮涌之势。他们先在本县演出，又到西安城里城外的工厂演出，几乎全是被禁演多年的古装戏。西安郊区的农民赶到周边县城或工厂去看戏，骑自行车看戏的人到傍晚时拥满了道路。我陪着妻子赶过二十里外的戏场子。我的父亲和村里那几个老戏友又搭帮结伙去看戏了。到处都能听到这样一句痛快的观感："这才是戏！"更有幽默表述的感慨："秦腔到底又姓秦了！"这种痛快的感慨发自一个地域性群体的心怀。"文化大革命"禁绝所有传统剧目的同时，推广八个京剧"样板戏"，关中的专业剧团和乡村的业余演出班子，把京剧"样板戏"改编移植成秦腔演出，我看过，却总觉得不过瘾，多了点什么又缺失了点什么。民间语言表达总是比我生动比我准确："这是拿关中话唱京剧哩嘛！"还有"秦腔不姓秦了"的调侃。

到二十世纪八十年代中期，我的经济状况初得改善，便买了电视机，不料竟收不到任何节目，行家说我居住的原坡根下的位置，正好是电视信号传递的阴影区域。我不甘心把电视机当收音机用，又破费买了放像机，买回来一厚摞秦腔名家演出的录像带，不仅我把包括已经谢世的老艺术家的拿手好戏看了个够，我的村子里的老少乡党也都过足了戏瘾，常常要把电视机搬到院子里，才能满足越拥越多的乡党。我后来又买了录音机和秦腔名角经典唱段的磁带，这不仅更方便，重要的是那些经典唱段百听不厌。大约在我写作《白鹿原》的四年间，写得累了需要歇缓一会儿，我便端着茶杯坐到小院里，打开录音机听一段两段，从头到脚、从外到内都是一种无以言说的舒悦。久而久之，连我家东隔壁小卖部的掌柜老太婆都听上了戏瘾，某一天该放录音机的时候，也许我一时写得兴起忘了时间，老太太隔墙大呼小叫我的名字，问我"今日咋还不放戏"，我便收住笔，赶紧打开录音机。老太太哈哈笑着说她的耳朵每天到这个时候就痒痒了，非听戏不行了……在诸多评说包括批评《白鹿原》的文章里，不止一位评家说到《白鹿原》的语言，似可感受到一缕秦腔弦音。如果这话不是调侃，是真实感受，却是我听秦腔之时完全没有预料得到的潜效能。

我看过听过不少秦腔名家的演出剧目和唱段，却算不得铁杆戏迷。不说那些追着秦腔名角倾心倾情胜过待爹娘老子的戏迷，即使像父亲入迷的那样程度，我也自觉不及。我比父亲活得好多了，有机会看那些名家的演出，那些蜚声省内、外的老名家和跃上秦腔舞台的耀眼新星，我都有机缘欣赏过他们的独禀的风采。然而，在我久居的日渐繁荣的城市里，有时在梦境，有时在一个人独处的时候，眼前会幻化出旧时储存的一幅幅图景，在刚刚割罢麦子的麦茬地里，一个光着膀子握着鞭子扶着犁把儿吆牛翻耕土地的关中汉子，尽着嗓门吼着秦腔，那声响融进刚刚翻耕过的湿土，也融进正待翻耕的被太阳晒得亮闪闪的麦茬子，融进田边沿坡坎上荆棘杂草丛中，也融进已搭着原顶的太阳的霞光里。还有一幅幻象，一个坐在车辕上赶着骡马往城里送菜的车把式，旁若无人地唱着戏，嗓门一会儿高了，一会儿低了，甚至拉起很难掌握的"彩腔"，在乡村大道上朝城市一路唱过去……

秦人创造了自己的腔儿。

这腔儿无疑最适合秦人的襟怀展示。

黄土在，秦人在，这腔儿便不会息声。

回家回家

祖居的屋院在白鹿原北坡根下的一个小村子里，距西安城不过五十华里。得着路程近的方便，有事要做很快就能回到那个小院，无事也常常想回去便回去了。其实，无论有事无事，就是想在那个曾经生活过五十多年的屋院里坐一坐，到门前的灞河沙滩上遛一遛，似乎心理上的某些亏缺就获得了补偿。这种感受只有在这一方小小的地域才会发生，回家走走就成为永无遏止、永无满足的欲念潜存心底。

近日我又回到原坡下祖居的屋院。车子在愈加稠密的高楼之间的公路上行驶，不觉间便驶上浐河大桥。我的心在那一瞬便发生微妙的变化，顿然亢奋起来，这是走世界上任何一条路、过任何一座桥都不曾发生的一种心理和情绪的反应；更为奇异的是，每次回归老家，车子刚刚驶上这座大桥，我的情绪便发生这种亢奋的变化，几乎没有一次例外。我至今说不准这是种生理反应，抑或是一种心理反应？我唯一能想到的因由，大约在我的潜意识里，这是我回家的桥，或者说是离我家最近的一座桥，过了这座桥，便进入我大半生都跑跑颠颠于其中的一方地域了。

这条浐河发源自横亘在关中平原南部的终南山，自南向北从白鹿原西坡根下流过，形成一道最适宜人类生存的河川，新石器时代的一个人类聚居的村庄——"半坡遗址"就在河岸东边；晴朗无霾的天气里，站在浐河岸边，可以看到白鹿原西坡上绿树掩映下的白墙红瓦。过了浐河桥不过三四里地，就进入白鹿原北坡下的灞河川道了，北坡上和河川里排列着稠如藤叶似的一个个或大或小的村庄。无论作为乡村教师或基层干部，抑或后来有幸成为专业作家，我在浐河、灞河两道河川和白鹿原上整整跑跑颠颠了三十多年，在进入传统习惯所划的老年年龄区段时进入西安城。在城里待过几年，在新世纪到来的时候，却也难以抑压灞河岸边家园的诱惑，决然一人回到那个祖居的屋院，读书写字，煮一碗妻子在城里擀成藏在冰箱的面条，在日落的霞光里到灞河水边的沙滩上散步，不觉间竟有两年……

我后来才意识到，白鹿原西坡根下的浐河和北坡根下的灞河，真是天造地设鬼斧神工的好水滋润着一道好原。我有幸出生在这原下且在这里生活过大半生，先是为这里的乡村孩子教授识文断字，后来组织乡民造梯田修河堤，再用笔叙写对这原这川里的历史和现实的体验和感受，这样的人生经历就很难用通常所说的情感纠结来表述了，反倒是每次车上浐河桥的一瞬所发生的那种微妙的亢奋情绪，才是最真实最准确的难以分清生理或心理的本能性反应，这是在任何地方不曾有过的。

回到祖居的屋院，烧一壶源自村中深井的自来水，三五下清扫了院中走道上的积尘和落叶；坐在院中喝一口茶，在车过浐河桥时发生且持续到开锁进院时的那种亢奋情绪，顿然消失了，不觉间转换为一种沉静，既区别于在城市住室里的沉静，也区别于过去常住这里时的那种沉静，当属重新回归时独有的一种沉静。这种独有的沉静心境也是只有坐在这个小院里才会发生。在城市待得久了，少不得忙忙乱乱，也多有来来去去，有得意也难免懊丧，在走进祖居的屋院坐在小院里抿一口茶的时候，似乎"宠辱"被荡涤得丝毫不留了，任何欲望也都隐退无痕了……这种独有的沉静，就成为回归祖居屋院的诱惑，一种永难满足，更难得淡化的念想潜存心底。

随意到村子里走走，就会发现变化，这里原本是两间窄小的厦屋和那边撑立了几十年的破旧漏雨的小安间房的房址上，都建起了颇为排场的两层楼房，迎面墙壁都是雪白的瓷片，却依然延续着关中乡村传统建筑的格式，大门门框上方镶嵌一方砖雕刻字的立家宣言，既有传统的"耕读传家"，也有时兴的"满院春光"，等等。不觉间村子里全建起了水泥砖瓦结构的房屋，那些还保存着的土坯垒墙的破旧屋院，几乎全是迁居本省和外省的人家留存的空院。我总是会被勾起往时的记忆。在二十世纪六十年代初之前的十几年间，这个村子只有一户人家盖起了三间瓦房，不仅成为本村人热议羡慕的"高档建筑"，甚至成为连邻村人都纷纷跑来参观的一道景致。这户人家的主人有一个在高寒荒漠做勘探工作的儿子，收入丰厚，这是任何一家农户（公社社员）难以望其项背的。在我能解知人事时所记忆的村子，竟然没有一户拥有三间瓦房的人家，且不说这个小村庄有几百或千余年的历史，自然可以理解村人对这幢三间瓦房的惊羡情态了。即如我这个有干部身份也有固定工资的人，也是挨到二十世纪八十年代中后期才建起三间新房，也就再不用每到雨天便把盆盆罐罐都搬出来接房顶漏下的雨水了……现在，无论谁家盖房建楼，已经不会引发热议，更不会有惊羡的眼光和议论，在于家家都有宽敞的新房了。

我总是想到村前的灞河边上遛遛。走出家门再下一道小坎，便是村人赖以生存的旱涝保收的田地了。在我幼年的记忆里，河川田地有三道灌渠，引灞河水自流浇灌禾苗，如果不是百年一遇的一两年滴雨不下及至灞水断流的特大旱灾，这方地域的庄稼总有收成。然而，现在的河川里几乎看不到麦子和苞谷苗了，整体变成了樱桃园。村子背倚的白鹿原北坡，凡是可以植栽树木的梯田和坡地，也满是樱桃树了。如果清明前后回家，沿路满眼看到的都是粉白的樱桃花，再过一个月到五月初，坡原河川的樱桃树上都挂满紫红的淡黄的樱桃，西安城里的居民，或扶老携幼或搭帮结伙到原上原下和原坡来摘樱桃，车拥人挤，盛况持续大半个月。乡民喜不自胜地说，城里人给乡下人送钱来了……那一幢幢装潢讲究的两层住宅楼的开销，绝对大多数是从樱桃树上获得的收益。无论在村巷，还是在河川，碰到一位乡党，拉起闲话便说到樱桃，两棵樱桃树的收入超过一亩地麦子的价值。用乡党的结实话说，只要不是瓜（傻）子，谁都会算这笔账，自然就不种麦子、苞谷，全种樱桃了……我几乎每年五月都会上原摘樱桃，既为品尝这北方第一料成熟的鲜果，更在看那些乡党往钱袋里塞钱时生动的喜悦脸色……

这是冬天，我又漫步在灞河边上，冷风飕飕，河水清透见底，我的心里愈加沉静。我走过一些名山大河，多是以观赏的眼光去看的，新鲜的惊喜是自然发生的，也曾把那种感受诉诸文字。然而，那些感受完全区别于面向眼前这条灞河的沉静心态。这是家园。回归家园所发生的沉静心态，是在家园之外的别处不曾有过的。

哦，我的家园。

回家折枣

在巷子的水果摊上看到红枣摆上来。自然想到又到枣月了，也自然想到该回家折枣了。妻子肯定也知道枣子开始上市了，催促我说，抽空回家折枣。在关中乡村，一般不说"摘"字，凡用"摘"字的地方，大多数时候用折，譬如折豆荚、折桑叶、折棉花等，摘一切水果都说折。

"在我的后园，可以看见墙外有两株树，一株是枣树，还有一株也是枣树。"这是鲁迅《秋夜》开篇的绝句。我已记不得什么年纪读的，却记得是一遍成诵，自此便把一缕无尽的意味绵延到现在，也把一种文字的魅力绵延到现在。在我的前院、中院和后院，栽了七八种树，有南方和北方的两种白玉兰、粉红色的紫薇、黄色的蜡梅、紫荆花树有红白两株、石榴树、火晶柿子树，还有三株枣树，都是我十余年间先后栽植的。几种花树依着各自的习性在不同季节开花，柿树和枣树也都挂果。每当花开或果熟时月，得空回到原下老屋小院，或赏花闻香，或攀枝折果，都是一种难以表达的清爽和愉悦。今天又要回家折枣了。虽然都是面对自家院子里的枣树，我已很难体验先生在"风雨如磐"的"秋夜"里的那种忧思的情境了。

正是秋高气爽的好季节。树依旧很绿。天空是少见的澄澈和透碧。可以看到远方影影绰绰起伏着的秦岭的轮廓。左首的北岭和右首的南原沉静地摆列在两边，清晰透彻，不时现出掩蔽在村树里的一角红瓦屋脊或一方净白的檐墙。路两边的樱桃园里显示着收获过的败落和冷寂。这条在我生活历程中走得最多也最熟悉的回家的土路，却从来都不曾发生熟悉里的厌倦，视力触摸到任何一个角落，都会在昨天的记忆里泛出新鲜的差异性意味来，夏收后泛着白光的麦茬地，采摘樱桃时不慎攀折断了的枝条，从路边野草丛中突然蹿飞的野鸡，都会把我在城市楼房里的所有思绪排解到一丝不剩，还有乡野的风对城市的污染空气的排除与置换。

进得我原下的村子，再踏进村子里我祖居的院子，先来到柿树下，缀满枝头的柿子，深绿渐变为浅绿，尚不到成熟的时月，似乎比往年结得稀。穿过前屋到了中院，扑面而来就是满树的枣子了。今年的枣子结得顶繁了，细软的枝条不堪重负，一条一条垂吊下来，像母亲过去挂在明柱上的蒜辫儿。且不说品尝吧，单是看见这缀满枝条的枣子，就令当初栽树的我有一种实现期待收获果实的无以名状的舒悦和幸福了。枣子已从绿色蜕变出鲜亮的乳白，果皮上有一坨一丝紫红色，尚未熟透到通体变成红色，完全可以折来品尝了。这种枣子比红透的枣子更脆更甜更有水津味儿。东墙根下一株，西墙根下两株，都把蒜瓣似的枣子展现在我的眼前，一派来自土地结晶而成的鲜活，一派无遮无喧亦无言的丰盛，真是让种植它的我体验到无与伦比的欢欣了。亲友已搬来梯子。我听到一声吃枣子的咔嚓的脆响，还有对枣子美味的欢叫声。

大约七八年前，我在早春的时候回家，路过一个业已城市化了的乡村，正逢着传统的庙会，顺便到会场去溜达，到处都摆着乡村人生产和生活的用品，庙会已无庙无神可敬，纯粹变成商品交易市场了。到处都摆着树苗，北方乡村适宜种植的柴树果树和花树秧子，成捆成捆堆放在路边，我总是忍不住在那些有树秧的摊儿前驻足停步：总是在抚摸那些树秧嫩干的时候忍不住心动，绝不弱于面对稿纸拨开笔帽时的冲动和激情。也许是自小跟着喜欢栽树的父亲受到的影响，也许是应了一个乡村"半迷儿"卦人给我算就的木命，我确凿爱栽树。和我一起溜达的妻子更喜欢那些民间编织的生活用品，装馍用的竹篮和装筷子的箸笼儿，还有装提水果的竹编长条笼。她不时拽我并提醒我，不要再买任何树苗了，屋前院内再找不到栽树的空地了。其实我心里也明白，能容得我栽树的地皮，只有老家庄前屋后和小院里那几分庄基地了，早被我栽得满满当当的了。不经意间，碰见一位老相识，他也曾弄过文学，却仍然在乡间种地，还在业余写着剧本。我看见他就有说不出口的话，城里有十余家专业剧团，或排场或别致的舞台整年都晾着，一年也敲响不了几回梆子锣钹，你把剧本写给鬼演呀！他的架子车厢里放着一捆打开的枣树秧子，是他培育的一种新品种，比普通枣子个儿大，味更脆更甜，名曰梨枣，却与梨不相干。他卖得很好，满满一车只剩下半捆了。他一边给我说他正在写作的剧本，一边往我手里塞枣树秧子。他知道我乡下有屋院。再三谢辞不掉，我便拿了三株梨枣回家，下决心把中院一株老品种的樱桃和一株太泼也太占地盘的花树挖掉，给这三株枣树腾出空位。令人惊诧的是，这枣树一年就长到齐墙头高了。直到这枣树秧委实出脱成茁壮的枣树，而且挂了果，赠我枣树的朋友打电话说，他的剧本早已写完，请几位高手名家看过，都在说写得不错的同时，也都说着遗憾。不是剧本能不能排，而是专业剧团根本就不排戏演戏。他问我能不能帮忙想点办法。我不仅没有办法可支，连安慰他的话都说不出口。

新世纪到来时，我终于下决心回到乡下久别的老宅新屋住下了。枣树是我的院子里最晚发芽的树。当那嫩芽在日出日落的日子里蓬勃出鲜绿的叶子，我发现了短短的叶柄根下的花蕾，不过小米粒大小，绣成一堆。我在那个早晨的心情顿然变得出奇地好。每天早晨起来，我都忍不住到枣树下站一会儿，看那小米粒似的花蕾的动静。直到有一天早晨，我刚走到屋檐下，便闻到一缕奇异的香气，凭直觉就判断出枣花开了。小米粒似的花苞绽放

174

开来的花儿自然不起眼，比小米的黄色浅些，接近于白色，香味却很浓郁，枝条上稀稀拉拉的枣花，却使整个小院都弥漫着清香。蜜蜂先我绕着枣树飞舞了。枣花蜜是蜂蜜中的上品。

眼看着那枯萎的枣花里挣出一只枣子来，恰如刚落生的婴儿，似乎可以听到那进入天地之间的啼哭。小米粒大的枣子，似乎一夜或两夜之间就长到扁豆粒大了，豌豆粒大了，花生粒大了，最后就定格在乒乓球那般大小了，个别枣子竟然有柴鸡蛋的个头。在桌子前在椅子上坐得久了，无论读着什么或写着什么，走出屋子走到枣树下，看着隐蔽在枝杈叶丛里的青枣，那正在你眼皮下丰满和长大的果实，一种蓬勃的生命的活力便向人洋溢着。枣子青绿的颜色，在我日复一日的注视下，渐渐淡了，泛出乳白色了，又浮出一丝一坨的紫红，它成熟了。我折下最先显出红色的一颗，咬了一口，便确信是我有生以来吃到的最好的一颗枣子了。这枣子皮薄肉细，又脆，满口竟有一股蜂蜜味儿。我便不忍心再吃第二颗，给家人品尝，也给那些从城里跑到乡下来找我的朋友享一回口福，让他们知道还有这样好吃的枣子。我给他们宣布政策，每人只能品尝一颗。无论年轻朋友，还是德高望重的老教授，都是咬下一口便禁不住声地赞叹起来。我便相信我的口感不粘连栽种者的偏爱因素，也毫不动摇地拒绝要吃第二颗的申求——总共大约只结了六七十颗，该当让更多的远道来客添一分情趣……后来几年的枣子，结得多了繁了，味道却大不如头一年。今年是前所未有的丰年，味道更差了，有点干巴。我心知肚明，肯定是干旱造成的。没有办法，我住了两年又离开原下的院子，一年回不来几回，枣子在每年伏天的旱季能保存不落，已属幸事了。

我已经不太在意枣子的多少和品味的差别了。我只寻找折枣的过程。常常庆幸得意我尚有一个可以栽植枣树的院子，以及折枣折柿子的机会。这心理往往是瞅见城里人悬在空中阳台上盆栽的花草而生发的。他们已无可以栽一株树或一窝花的土地，只能栽在盆里悬在楼房的阳台上。我在被晒得烫烧脚心的水泥路和被油气污染的空气里憋得透不过气时，得空逃回乡下的屋院，拔除院子疯长的草，为柴树花树和果树浇一桶水，在树荫里在屋檐下喝一瓶啤酒，与乡党说几句家长里短的话。尤其是回来折一回枣儿，心里顿然就净泊下来了。

今年回了家，折了一回枣。

明年还回家折枣。

辑四

步履不停

骆驼刺
——车过柴达木之一

列车是在沉沉夜幕中进入柴达木的。我浑然不察不觉，已经置身于地理课本上用沙点标示着的这片大戈壁了。

早晨起来，睁开眼睛就感受到裹入柴达木巨大的无边无沿的苍茫与苍凉之中了。无论把眼光投向哪里，火车刚刚驶过的来处和正在奔去的前方，车轮下路轨所枕伏的一绺直到目力所及的远处，灰青色的灰白色的沙砾无穷无尽。沙漠的颜色变化着，一会儿是望不透的青灰色，一会儿又转换成灰白色的了，无论怎么变幻，依然是构成主旋律的单调。在感受宽阔、浩瀚、博大、雄奇的深层，柴达木投射给人心里的苍茫和苍凉同样是切实的。偌大的火车在柴达木的腹地上奔驰，恰如一只节状的油蜈蚣在缓缓地蠕动，总是让人产生没有指望走出的疑虑……

生命在这里呈现出异常简单的景象。整个世界简单到只剩下一两种绿色植物，骆驼刺和苊苊草。一株一株的骆驼刺，形似球状，零零散散撒落在沙砾上，没有簇聚，单株单个，据地自生。

看不到印象中的森林和草地上那种或互相拥挤互相缠绕的复杂，或勾肩搭背倚竿爬高的姿势，或交头接耳唾沫相溅的喧哗。干旱和寒冷的严酷，使一切绿色生命望而却步，只有骆驼刺以最简单的形式生存下来，形成柴达木的唯一点缀。

骆驼刺，短而又细的枝，针状的叶，无媚无娇，仅仅只是一个绿色的生命体。骆驼刺，开一种细小到几乎看不出的花，和孕育它的沙地一样的颜色，也应是花中最不起眼的色彩了。然而它的功能却与任何花毫不逊色，授粉，结籽，在沉静的等待中迎接雨水，便发芽了。

远处是昆仑山，寸绿不见，如铁打钢铸似的摆成一道屏障。白如棉絮的云团，在或高耸或低缓的峰巅和峰谷间缠绵。

一条泥浆似的河出现了。名曰饮马河，再恰切不过的好名字，却使人感到徒具虚名。赭红色的水，几乎看不见流动，细小到无法与河的概念联系起来，充其量只算得小河沟罢了。然而毕竟有水，便是理直气壮的河了。有水，不管赭红色也罢，浑如泥浆也罢，就能孕育繁衍出绿色的生命，各色水草，就围绕着水的走向蓬勃起来，蜿蜒出荒漠戈壁上一道惹人眼热的绿色。自然，拥挤和缠绕、簇聚和绣集、勾肩搭背和攀爬倚仗便如任何草地一样发生了，不可避免地形成了。然而，在苍茫而又苍凉的柴达木，饮马河毕竟流出来这一缕生动和一缕活泼，一缕让人遏止不住想要拥抱的俗世绿色。

毕竟使人难忘的还是骆驼刺。在柴达木，在毫不留情地虐杀一切绿色生命的干旱、暴风和严寒里，只有骆驼刺存活下来了。骆驼刺接受了严酷，承受了严酷，适应了严酷，保持而且繁衍着庞大的家族，便可骄傲于所有的严酷，成为点缀和相伴柴达木的唯一秀色。

盐的湖
——车过柴达木之二

恰好在我划拉着几笔感触印象的时间里，火车已经进入盐的湖了。

骆驼刺和芨芨草所营造的单调而又令人敬畏的绿色消失了。消失得干干净净，一丝不留，堪称绝杀。一望无际的平坦得令人目眩的沙地，呈炭灰色。湿漉漉的泥沙地表，使人立即想到刚刚落过雨，再远也只能是昨天夜里下了一场透雨。应该是柴达木一年中难得的一个细雨润物的夏夜，还以为是天公专意给我们这一帮远客额外的恩赐。错觉！错了！这里是盐湖，盐水千万年来就那么淹渍着泥沙，千万年来就是这种湿漉漉的如同雨淋的景象，让一拨一拨初踏此地的人产生错觉，空喜一场。这是盐湖。我乘坐的列车刚刚驶入盐的边沿。这是世界上储藏量最大的一个天然盐场，据说可以供现有的世界人口吃上十多万年。这盐湖在中国青海省的柴达木沙漠里。

白花花的类似浓霜一样的盐出现了，结晶在湿漉漉的沙地的表层，地表的下层蕴含着浓稠的盐的汁液。任何植物，包括英雄的骆驼刺和芨芨草，任谁也招架不住盐汁的浸泡和淹渍，连一丝生存的侥幸都不存在。这里不存在一滴淡水，无由生长一寸绿色，不哺养任何一个或大或小或蹦跳或匍匐的兽类和禽类。这是一个绝生地。

然而这里出产一切生命都不可或缺的盐。国家从二十世纪五十年代就开始勘探和采掘。我们的血液、肌肤和骨头里，早就注入了这里的盐。血液能够活泼地在身体里涌流，肌肤柔韧而富于弹性，骨头质地坚硬而具承载力，皆有赖于这盐湖里的盐。我便虔诚地感激那一代又一代工作在这绝生之地的工人和专家，他们的一生都在这里采掘着盐。

列车上骤起的小小的惊呼和骚动，是真正的盐湖的湖水惊起来的。一片汪洋！不，其实根本不是任何海和洋的颜色，也不是我所见过的湖的颜色。这里是一片灰白色的浑浊的水。无边无沿无法望尽的灰白色的水的世界，却看不到一根水草，不见一只与水相嬉戏的鸟儿，不见一个搅水翻浪的水中生物，甚至连一只蠓蝇和甲虫都不存在。

上边是蓝天和白云，下边就是这浑浊的灰白色的水，没有遮掩也没有骚扰，没有一缕响声和一丝动静。水便平静到如同死亡了一般，无波无纹，无光无色，使人怀疑这水是不是真正的水，因为作为水的素常的印象和水的相关的表征全部丧失了。

然而，这确凿是水，饱含着浓稠的盐汁的水。随意到湖里用手搅拂一把水，待风干之后，留在手上的盐足够一家人吃一顿午餐。这是什么水哦！是盐，是盐的湖。

盐湖的地名叫察尔汗。蒙语，盐的世界的意思。

天之池

茫茫灰雾笼罩着。雾就在眼目之下。从高处探望下去，眼下就是一片茫茫的密不透隙的灰色的雾。谁也无法料知这雾什么时候会扯开散去。人愈是疑虑，那雾似乎愈是浓厚，似乎根本没有散去的希望。人就不由得焦虑，甚至抱怨自己选择了一个倒霉的日子：痴心向往的长白山天池，已经站在她的裙边，却看不见她的面目。

这雾确也像一张面纱——世界上那些严守宗教禁忌的妇女遮掩在面庞上的那一张，严密封盖着的是怎样一副含羞带娇的玉容呢？

群峰壁立，结臂连襟，或挺拔或浑实的十六座峰体，气势磅礴，恰似披甲挂胄的武士；火山岩浆铸就的武士，无疑是经受过超高温炼烧的纯洁忠贞之士，守护在这里已经有亿万年了。面对这样忠诚的卫士，我便静下心来，即使花一天时间的等待和守候，又何谈真心痴情！

久久的期待中，那雾终于扯开了。先是一缕，后是一角，稍一显现，随即逝去。刚刚露出的那一绺一角，瞬间又覆盖上雾的面纱了。然而就在那一绺一角露出的瞬间，呈现出湖蓝色的长裙的一幅裙褶，镶嵌着无数宝石或碎金，闪闪眨眨，扑朔迷离……

你期待着的人正从楼梯的转角处下来。你屏声静息地等待着一睹芳容，却看见那长裙在楼梯的转角处飘忽一闪，露出炫目的脚腕的雪白，那长裙又消失了，没有下楼，又折回楼上去了……留在心里的是浅尝辄止的更高涨的欲望，期待那面纱彻底抖落，至少再撩开一绺一角的机缘，看到半边脸颊一次回眸也可慰藉。

灰色的雾又变化成白色的了。白色的面纱又转变为灰青色的了。什么时候又在那一边峰峦间挂起连天接地的五彩虹帐。阳光挑逗嬉戏着，然而那雾的面纱却绝不扯散。

纵眼望去，莽莽苍苍的群山浪波一般起伏着，簇拥着，推向烟云浩渺的远处。阳光和云彩给群山投射出变幻不定的色彩，一片深情一片嫩绿转换着交替着，海浪般涌动翻腾起来了，只是听不到呼啸。无声的波浪铺天盖地，从眼目所及的远处一幅一幅推进过来，拍打着赤裸的铁渣似的长白山的主峰，我的胸脯也随着波涌感到脚下的节奏起伏了。

放开思维之缰任其飞翔，怎样想象亿万年前这儿曾经是一片汪洋的景象？怎样想象亿万年以来地心之火在那一片汪洋之上雕塑出横亘千里的长白山脉的伟功！哦，真想潜入那依然保持着原始形态的丛林，捡拾一块小小的未经人手和兽爪触碰过的火山岩石。

哦，那密林覆盖的千里群山之中，肯定有一只修炼千年终究成仙的狐狸，在山崖侧畔在白桦树后在野花丛中投来羞羞的一笑。哦，在那一笑撞击心灵的一瞬，顿然感悟到俗世的肉身和肉身的世俗。

灰色的雾和白色的雾终于散去了。没有一丝风，不知这雾为什么会自动扯开散去。从火山岩石和岩灰堆积的山峰豁口望下去，那灰白的雾眼看着淡了稀薄了，转眼间就散失净尽了。

神秘的面纱徐徐地揭去了，令人灵魂震慑的景象出现了：一片幽深的蓝色，平静地闲适地躺在群山群峰的足下，阳光爱抚着投射下来，那一袭长裙的色彩变幻莫测，胸脯淡了腹上浓了腿脚又浅淡了；愈是颜色浅淡的裙褶里，万千的宝石和碎金的闪光愈是璀璨。山顶上的千年积雪倒映不出影像，被深沉的蓝得发青的水融解了。白云白雪和山峰都无法在其中投下倒影留下印记，她太深了，抑或是太娴静了，不把任何献媚者收入眼睑？只有太阳是可以骄傲的，可以在那一袭长裙的每一寸裙褶的宝石上撩拨起闪光，她却依然沉静……雾的面纱又徐徐地遮盖过来了。

留在我灵魂深处的，是羞色里的纯净。至纯至洁的天池之水，便自然蓄蕴着羞羞的神色。不洁不净的东西可以以各种华丽和妖艳取悦于世，唯独那羞色难得仿造；纯洁的云和纯净的花和纯洁的心灵，我们都可以发现隐隐的羞羞之色；被把玩过的玉石即使有绝世的雕琢，被汗手油指抚摩过的花朵即使十分美艳，被龌龊充塞着的心灵即使做一万次美容，都不可能再从它们的眼神里泄出一丝一缕的羞色了。

天池的羞色来自她的水，上承天雨，下聚涌泉，皆无任何中间导流环节的污染；她的深厚（三百七十三米）使那些喜欢拈水嬉浪者望而畏步，避免了汗渍；她高踞海拔两千多米的长白山巅，绝除了灰土、烟尘和有害气体的浸染，保护着一份至纯至净至洁，那沉静里的羞色正是与天生丽质俱来的一种气韵，而这气韵在一切作为风景胜地的水境中都不可能找见了。

游移不定的眼神是否反射着心灵里的大九九小九九？浑浊的眼色是否浮游着心底的脏？无光无亮的眼色是否透射着平庸与无奈？急切而又卑琐的眼神是否袒露着心灵深处那狂狷和卑怯交织着的火与烟的浊流？再到哪里去寻觅如你——天上之池——一样的羞色？

告别天之池，告别长白山，留一份纯净，留一份羞色，陶冶情感滋润心灵。

一株柳

　　这是一株柳树，一株在平原在水边极其普遍极其平常的柳树。

　　这是一株神奇的柳树，神奇到令我望而生畏的柳树，它伫立在青海高原上。

　　在青海高原，每走一处，面对广袤无垠青草覆盖的原野，寸木不生青石嶙峋的山峰，深邃的蓝天和凝滞的云团，心头便弥漫着古典边塞诗词的悲壮和苍凉。走到李家峡水电站总部的大门口，我一眼就瞅见了这株大柳树，不由得"哦"了一声。

　　这是我在高原见到的唯一的一株柳树。我站在那里，目力所及，背后是连绵的铁铸一样的青山，近处是呈现着赭红色的起伏的原地，根本看不到任何一种树。没有树族的原野尤其显得简洁而开阔，也显得异常苍茫和苍凉。这株柳树怎么会生长起来壮大起来，怎么就造成高原如此壮观的一方独立的风景？

　　这株柳树大约有两合抱粗，浓密的枝叶覆盖出百十余平方米的树荫；树干和树枝呈现出生铁铁锭的色泽，粗粝而坚硬；叶子如此之绿，绿得苍郁，绿得深沉，自然使人感到高寒和缺水对生命颜色的独特锻铸；它巍巍然撑立在高原之上，给人以生命伟力的强大的感召。

我便抑制不住猜测和想象：风从遥远的河川把一粒柳絮卷上高原，随意抛撒到这里，那一年恰遇好雨水，它有幸萌发了；风把一团团柳絮抛撒到这里，生长出一片幼柳，随之而来的持续的干旱把这一茬柳树苗子全毁了，只有这一株柳树奇迹般地保存了生命；自古以来，人们也许年复一年看到过一茬一茬的柳树苗子在春天冒出又在夏天旱死，也许熬过了持久的干旱却躲不过更为严酷的寒冷，干旱和寒冷绝不宽容任何一条绿色的生命活到一岁；这株柳树就造成一个不可思议的奇迹，千年奇迹万年奇迹，无法猜度它是否属于一粒超级种子。

我依然沉浸在想象的情感世界：长到这样粗的一株柳树，经历了多少次虐杀生灵的高原风雪，冻死过多少次又复苏过来；经历过多少场铺天盖地的雷殛电轰，被劈断了枝干而又重新抽出了新条；它无疑经受过一次又一次摧毁，却能够一回又一回起死回生，这是一种顽强一种侥幸，还是有神助佛佑？

我的家乡的灞河以柳树名贯古今，历代诗家词人对那里的柳枝柳絮倾洒过多少墨汁和泪水。然而面对青海高原的这一株柳树，我却崇拜到敬畏的情境了。是的，家乡灞河边的柳树确有引我自豪的历史，每每念诵那些折柳送别的诗篇，都会抹浓一层怀恋家园的乡情。然而，家乡水边的柳树却极易生长，随手折一条柳枝插下去，就发芽就生长，三两年便成为一株婀娜多姿风情万种的柳树了；漫天飞扬的柳絮飘落到沙滩上，便急骤冒出一片又一片芦苇一样的柳丛。青海高原上的这一株柳树，为保存生命却要付出怎样难以想象的艰苦卓绝的努力？同是一种柳树，生活的道路和生命的命运相差何远？

　　这株柳树没有抱怨命运，也没有畏怯生存之危险和艰难，更没有攀比没有嫉妒河边同族同类的鸡肠小肚，而是聚合全部身心之力与生存环境抗争，以超乎想象的毅力和韧劲生存下来发展起来壮大起来，终于造成了高原上的一方壮丽的风景。命运给予它的几乎是九十九条死亡之路，它却在一线希望之中成就了一片绿荫。

　　我崇拜这株高原柳树。

再到凤凰山

小小的凤凰城远近闻名，着意在山水韵味。凤凰城山水名扬天下，得益于作家沈从文。凡读过沈从文作品的人，不仅难以忘记湘西的山水韵味和民俗风情，而且同时种下有朝一日走一回湘西的欲念。凤凰城是湘西风景风情的代表性杰作，自然为首选之地。

大约十年前到凤凰城，看了山，看了水，看了沈从文先生的书屋和墓地，感触多多，却不著一字，说来很简单，沈先生早在几十年前就把湘西的山光水色和民生的风情灵气展示得淋漓尽致，至今都很难再读到那样耐得咀嚼的文字，我便不敢贸然动笔了。这回又去湘西，再上凤凰山，不仅有沈先生文章里的景致为参照，而且还有第一次来凤凰城的印象作对比，我发觉变化真是太快了，也太大了。

我记得十年前进凤凰城时，要过一座桥，从桥上看下去，河水里浮游着几头水牛。水牛在河里懒洋洋地游着，露出硕大的头和头上的弯角，还有浅灰色的脊背。水色不清，浑而近浊，漂浮着有藤蔓的野草，据说是刚刚下过雨涨了水的缘故。这幕水牛戏水的景象就留在我这个北方人的记忆里。

这回一看见凤凰城，一看见那条河，自然不再陌生，却看不见水牛的姿容了。水变清了，大约没有落雨，也就没有涨水，更看不见浮草；原先沙子泥土铺就的河岸，用水泥砌得整整齐齐，类似城市公园人工湖的堤岸了。我似乎隐隐生出某种缺失的惆怅。我又不敢说这种整修有什么不合适，却想着那泛着青草的泥岸伸展着的自然状态的曲线，再也不复重现了。

其实，更想看的是沈从文先生的旧居，十年前看了一回，这次来仍然想再看一回。我从东正街拐进中营巷，就感到拥挤和熙攘，拥挤着的男男女女，都是因观瞻一位作家的宅第的好奇心所驱使。而这位作家生前却是落寞的，尽管住在繁华的北京，活着时几乎是蛰伏隐居，即使在胡同里迎面撞怀，乃至不经意间头与头碰撞得起了疙瘩，却谁也认不出个沈从文来。

现在，先生早已弃居的老宅旧屋，却"下自成蹊"。据说一年四季都是络绎不绝的参观者，旅游旺季就这么拥挤着。

大门口是进出的交会之地，我得侧了身才能挤进去，院子里和前屋后厅都挤满了人，观看的照相的购书的琢磨着风水八卦的人，似乎都津津有味自得其趣。我也在拥挤的缝隙里看沈家的这座四合院，进得门来算门房，正在经营着沈先生作品的各种版本，需排队才能交上钱拿到书。中间是左右对称的厢房，显得低矮而又窄小，我是以北方四合院的厢房作参照的。

最重要的建筑是厅房，以石条起垒，是一种淡淡的橙红色石条，平生一缕暖色。石条上砌砖，青色的砖只垒到窗下，不过半人高，之上就全部是木格大窗子，再不见一块砖石墙壁。木窗和木门之间以木板嵌镶做墙，古香古色，自成一种幽雅。我在北方乡村和城镇，几乎没有看到过窗台以上不用砖或土坯砌墙的房子，甚为稀罕新奇。

厅房内一明两暗，明间当为长者议事、说话、训子的比较庄严的场合，也是接待客人的会客厅。左卧室背后，有一方小小的火塘，上边吊着一只水壶，四周摆着几只小板凳。使我自然地发生最生动的联想，无论家人或朋友，围坐在火塘边，听燃烧的劈柴噼啪响着，看火苗呼啦啦往上蹿起，水壶里的水咝咝咝响着，沏一碗热茶，或叙友情，或议家事，或逗笑取乐，该是怎样一番惬意和快活。

沈先生的墓地在半山上，山不高，却很幽静，曲径盘绕，杂树蔽荫。突兀看到一块碑石，刻着神采飞扬的手书字体："一个士兵要不战死沙场，便是回到故乡。"初看吓了一跳，碑题内容似乎太硬，一下子竟反应不及。细看副题为"悼念从文表叔"，立碑题字者为大名鼎鼎的黄永玉，便把太硬和突兀的感觉隐压下来，慢慢嚼磨，反复体味个中内涵。

沈先生的墓，是以一块巨大的石头为标志，据说重达五吨。

上边刻着沈先生自己的话："照我思索，能理解人；照我思索，可认识人。"这应该是先生一生的哲思概括，也是一种复杂曲折的人生历程之后的生命体验，只可领悟，不敢评说。

我很赞赏这块石头，不是名山采来的名贵石料，而是当地山上到处可见的一种沉积岩石块，大大小小的各色砾石和沙粒堆积凝结在一起，呈现出一种自自然然的原本的颜色，亦未作任何雕琢，似乎这石头一直就蹲踞在这里，与山与树融为一体。

据说这石头是黄永玉先生亲自为其表叔选择采掘来的，我便钦佩这位画坛大师超凡脱俗的审美取向，真是一块再恰切不过的石头。有清泉自石缝涌出，贴着山根的石凹流下去，一年四季日日夜夜，在沈先生耳边流过，不时泛出叮咚的响声。想先生平生不声不响，似乎也不爱热闹，悄悄走出凤凰，死后又悄然归于凤凰，不料热闹发生在死后，拥挤了旧宅老屋，又川流不息吵吵嚷嚷在坟头墓前，如果真有先生不死的幽灵，怎么承受得住……

我依着同行的朋友去河上乘一种专供游乐的小艇，河水清冽，暑气闷热暂得缓解。看河边的小幢民居建筑，真是稀罕奇观，倚山而造，鳞次栉比，一幢幢小屋小楼借着山势和立足的地坨大小，结构着种种样式。最下边的一排，居然是凌空立柱铺出一方地基，搭建成别致的房子，河水便在床铺下日夜流淌，有水声催眠入梦，当是怎样一种如仙的境界。河边有人在洗衣淘米。女人洗着淘着。淘着洗着的还有男人。洗菜的男女似乎平平常常，洗衣的男女居然还用着棒槌。棒槌在石头上捶击衣服的响声听来悦耳，那是我自小在家门口的涝池边和灞河里听惯了的脆响乐声，但家乡的乐声早已在多年前消失了。

上岸后沿河边的小路走，不时有人拉着小车擦身而过，车上绷一顶遮阳的花布，车内置一张躺椅。花了几块钱的人坐在躺椅上。挣了几块钱的人拉着车子在小巷和河边跑着，供花了几块钱的人观光赏景。这是最简单最直白的一种关系，容不得多愁善感者说三道四。我看着觉得有点扎眼的，是一位坐在躺椅上的人的姿势，手里夹一支正燃着的纸烟，两条腿以"八"字形撇开，搭在车子的两边，旁观者入目颇觉不雅。

沈先生如果活着，今日的凤凰和湘西在他的笔下，会是怎样一番景致？

鲁镇纪行

百草园的月色

从上海到绍兴，经过八九个钟头的长途旅行，傍晚到达。安顿了下榻的处所，匆匆吃罢晚饭，赶到鲁迅先生的故园去观瞻，天色已经完全黑下来了。

一条宽阔的水泥铺就的街道，两排树荫浓密的法桐，这是"鲁迅路"，以先生名字命名的街道，路灯的亮光和两边大小铺栈的窗户的灯光交相辉映。

一方黑色的木板门，已经关死，没有门楼，似乎也没有什么装饰，仅仅就是在砖墙上安着这样一方黑色的木板门，这就是鲁迅先生世代的故居了。中国现代的思想和艺术的巨人，就在这窄窄的门洞里面诞生。

宅院狭窄、颇深，门房，过庭，天井，先生住屋，鲁母住屋，再后边是闰土父亲在鲁家帮工时的住屋，屋里有一个捣米的石臼。

后院里，就是那个被先生浓笔重彩描绘过的百草园了。

灰蓝色的天幕上，有一弯细细的金钩似的月亮，洒下一片朦胧的月光。一株高大的树干，浓密的枝叶，辨不清是"高大的皂荚树"，还是缀满"紫红桑葚"的桑树。草园里的花草，也辨不清哪儿是"碧绿的菜畦"，哪儿有"何首乌藤和木莲藤缠络着"的情态，更难以摘食"覆盆子"那"又酸又甜"的"像小珊瑚珠"一样的果实了。

月色朦胧。我们这一帮从南方和北方聚拢到一起的先生的学生，现在都散立在月色朦胧的百草园里的草地上，听一位据说是鲁（周）家同族后裔的中年人介绍这座故园的今昔。他说一口绍兴的地方话，真是叫北方人大惑莫解，几乎一个字也听不懂。朦朦胧胧的百草园，朦朦胧胧的树，朦朦胧胧的花草，朦朦胧胧的鲁镇的地方语言……

既然听不懂，我索性不听了，一个人到园子里去转悠。我心里似乎并不迫切要求听到介绍的话，只是想到这儿来走一走，看一看，站那么一会儿，有一次心理感受就满足了。

是啊，百草园，我早就熟悉了，早就背熟了《从百草园到三味书屋》的散文，也就熟知这儿的一切了。"鸣蝉在树叶里长吟，肥胖的黄蜂伏在菜花上，轻捷的叫天子（云雀）忽然从草间直窜向云霄里去了。"在我心中印下的这幅动人的百草园的图画，掐指已近三十年了，今天晚上才得以漫步其境了。

时值初夏，夜气温爽，听不到蝉鸣，也听不见蟋蟀的叫声。我漫步在草地上，自然地记起学习这篇课文时的情景。

语文老师是一位刚从大学中文系毕业的青年，热情极高，甘肃人，一口南腔北调的普通话，却把课文朗诵得十分动人……我一边听着老师领读，脑子里却展开另一幅图画：刚刚收割过麦子的南坡上，田块层叠的坡地上，麦茬儿闪闪发亮，塄坎上和坟丘里，野蔷薇红的和白的花儿开得一片灿烂，野葡萄藤蔓一直攀缘到枸树梢上去，酸枣棵子是山坡上最大的家族，那翡翠般的绿色或紫色的蚂蚱，总是藏躲在酸枣棵子最稠密的枝杈里。我和小伙伴们，头顶艳阳，脚踩枣刺，整晌整晌地捕捉那可爱的生灵儿，忘了吃饭，忘了时辰，直到渴得舌头搅不动，头上无汗可流，也顾不得到沟底去喝一口泉水……我从来没有想到过这些生活如此富于意趣。

而当我从乡野跑到城市，坐在高楼明亮的教室里，听陇音普通话朗诵这篇课文的时候，才一下子戳开了记忆的窗户，唤起对我的百草园——黄土高原之中的南坡——无限丰富有趣的依恋。

读先生的这篇课文的时候，尚在我的少年时期，人生的那个充满幼稚心理的时期，是极易与这篇文章的感情相吻合的。

当我漫步在向往了近三十年的百草园中时，已经是个顶透而须密的中年人了，而心境却一下子回返到了童年……

哦！我的向往中的南国的先生的百草园！

哦！我的遥远的北方家乡的黄土高原之中的南坡……

在"咸亨酒店"

上午游览了东湖，下午又要到王羲之作《兰亭序》的地方
去，明天一早就要返回上海了；东湖的山光水色令人赏心悦
目，兰亭的幽雅景致也叫人神往。可是，没有到孔乙己曾经喝
酒吃茴香豆儿的"咸亨酒店"光顾一番，怎么能算真正到过鲁
镇呢？

午休时间，几位朋友相邀，正中下怀。虽然已觉腿酸眼困，
仍然兴致勃勃地走出住所的大门。

一幅金字黑匾，老远就赫然入眼，上书：咸亨酒店。平房，
黑色小瓦，坐落在街道一边，夹挤在高高低低的楼房中间，自有
一副古香古色的神采。门面宽约三四间，木门板全部拔除，整个
酒店就完全无遮无挡地当街敞开着。依然保持着当年"鲁镇的酒
店的格局"，"当街一个曲尺形的大柜台"。那木板制的曲尺形
的大柜台，油漆斑驳，木棱也已磨光，探过头去，可以看见赭红
色的酒坛。我把钱递了上去。卖酒的是一位中年女人，穿着白大
褂，使人觉得有失鲁镇的格局，与那曲尺形的柜台也不协调。她

用一只提斗从酒坛里提上酒来，倒入酒杯，黄酒其实是暗红色的液体。这杯子更古朴，用洋铁皮焊接而成，大到可以盛一斤酒，上端粗，下端细，状如漏斗。据说冬天喝酒时，可以把细端塞进热水里，用以温酒。鲁镇的长衫阶层或短衣帮，当年就是用这样的酒杯，孔乙己自然也用这样的铁皮酒杯。

茴香豆儿也不能不尝一尝。不尝一尝孔乙己津津乐道的茴香豆儿，也许不算真正地进过"咸亨酒店"呢！

"不多不多！多乎哉？不多也。"

我们刚刚在长条桌边落座，不知谁在拖长声调模仿着孔乙己的名言，摇头晃脑说起来了。木条桌长到丈余，从门口直通到墙根，实际应该算是木案子了。一切遵循孔乙己的习惯，他是穿长衫阶层中唯一站着喝酒的人，于是我们也都站着，他大约用手指捏茴香豆儿，于是我们也免去了筷子。那用粳米酿成的名曰"加饭"的黄酒，说不准是一股怎样的滋味，既不似白酒那么烈，也没有葡萄酒那么甜，说不上好喝或不好喝，唯其因为孔乙己十分喜好，我拼着将那一杯全然灌下了。那茴香豆儿也没有多少特色，唯其因为孔乙己喜欢，我们嚼起来，似乎别具兴味。

酒店墙上，有一幅裱饰过的题词，一副对联。题词曰：

上大人孔乙己高朋满座

化三千七十士玉壶生春

对联曰：

小店名气大

老酒醉人多

看看题款，竟是著名作家李準献辞，著名表演艺术家于是之手书。辞联极致幽默的韵味，笔墨亦遒劲潇洒，使古朴的"咸亨酒店"平添了一丝风韵。

孔乙己确实是高朋满座了。小小的酒店里，现在拥拥挤挤坐着的酒客，大都是从南方或北方来到鲁镇而落脚此店的。有穿着西装革履的学者风度的男女；也有一身正统的中山装的很有派头的干部，很难料定他们之中绝对没有县委书记或市委的部长；更有一帮一伙长发披肩紧绷牛仔裤的青年男女，一律坐着或站着喝着装在洋铁皮酒杯里的"加饭"酒，抓着茴香豆儿，笑语喧哗……

解放以后，自打鲁迅先生的《孔乙己》收入中学语文课本，每一个受过中等教育的一代又一代青年，不管其是否特别喜欢文学，大约没有谁会忘却孔乙己的。

孔乙己不属英雄之列，而实实在在是一个被挤扁被碾轧为尘末的迂腐的老夫子，那些主宰鲁镇风云的鲁四老爷之流早该化为污泥了，而独有上大人孔乙己获得了川流不息的朝拜者，真是得其所哉！

在乌镇

　　车溪河紧紧贴着两岸人家的墙根流淌。这一岸的正门，隔河对着那一岸的后门和后窗。河不宽，水量却充沛，人是无法涉水而过的，就有好多座拱起来的桥，把车溪河两岸的人家连接起来。这条河让我联想到人体的主动脉，镶嵌在这个古老镇子的躯体之中，无声无响地涌动着，也滋润着这一方古镇，竟然有一千余年了。

　　一千余年的古镇或村寨，无论在中国的南方或北方，其实都不会引起太多的惊奇，就我生活的渭河平原，许多村庄的历史可以追溯到公元纪年之前，推想南方也是如此。这个民族繁衍生息的历史太悠久了。我从遥远的关中赶到这里来，显然不是纯粹观光一个江南古镇的风情，而是因为中国现代文学的开拓者、奠基者之一的茅盾先生，出生并成长在这里。这个镇叫乌镇。乌镇的茅盾和茅盾的乌镇，就一样萦绕于我的情感世界，几十年了。

　　我和朋友们先乘那种古老的小木船游了一通车溪河。船的尾部设一只既能划水又能导向的木桨。木桨用一颗圆头铜钉固定在后帮上，在摇船人的手中十分灵便自如地翻摆着。正门对着河的那一排人家，大多保持着原有的古色古香的门楼，偶有几间新式装潢的门面。对岸的那一排房屋，是十分随意因地制宜的后门和后窗，呈现着所有作为后部的凌乱与驳杂。从那些尚未关死的后门和后窗里，可以窥见室内墙壁的饰物，可以瞥见围着桌子把玩麻将的老头儿老太太，平静而又悠闲，似乎古老乌镇的老头老太就应该是这个样子。我无法想象少年茅盾玩戏在这条河边时的景象是什么样子。

游览在车溪河上，我的思绪里便时隐时浮着先生和他的作品。周六下午放学回家的路，我总是选择沿着灞河而上的宽阔的河堤，这儿连骑自行车的人也难碰到，可以放心地边走边读了。我在那一段时日里集中阅读茅盾，《子夜》《蚀》《腐蚀》《多角关系》以及《林家铺子》等中短篇小说。那时候正处于"三年困难时期"，教育主管部门在中学取消体育课的同时，也取消晚自习和各学科的作业，目的很单纯，保存学生因食物缺乏而有限的热量，说白了就是保命。我因此而获得了阅读小说的最好机遇。我已记不清因由和缘起，竟然在这段时日里把茅盾先生所出版的作品几乎全部通读了。躺在集体宿舍里读，隐蔽在灞河柳荫下读，周六回家沿着河堤一路读过去，作为一个偏爱着文学的中学生，没有任何企图去研究评价，浑然的感觉却是经久不泯的钦敬。四十余年后，我终于走到诞生这位巨匠的南方古镇来了，这镇叫乌镇。未进乌镇主街之前在车溪河的泛舟，恰如无意排定的如水般的思绪的酝酿和沉浮。

从车溪河的一座宽敞的石拱桥上过去，才进入乌镇，头一条东西走向的街巷叫观前街。茅盾故居就在这条街巷里。街巷石条铺地，洁净清爽。两边或高或矮或宽敞或窄狭的门面，挤挤挨挨不留间隙。令我感到奇异的是，所有面向街巷建筑的前檐的墙壁，几乎一律是用松木板镶嵌而成的，而且一律不刷油漆，不涂饰料，不做装潢，裸露着松木木板的原本颜色，一圈一圈木纹丝路乃至一个个或大或小的树旋儿都清晰可辨。墙是木板墙，门是木板门，窗是可装可卸的木板窗扇。站在街巷里往前看去，尽是略为陈旧的米黄色木板壁垒，油然而生思古的朴拙。我便惊奇，这样原封不变的整个一个镇子的建筑如何保存得下来，曾经频仍的运动的劫难何以逃躲？

茅盾故居坐北朝南，宽大的门面，高耸的屋脊，当是观前街上最气魄的宅院之一。四开间砖木结构的楼房分为东、西两院，都有前屋和后楼，中间是庭院。东院购置建造在先，称为老屋，后建的西院顺理成章地被称为新屋。东、西两院之间有一道隔墙，下有门道，上有楼梯沟通。在窄窄巴巴的小铺店、小门面构成的建筑群里，茅盾故居就显示出大家富户的气派，即使今天我站在作为纪念馆的庭院里，依然能感到当年家业兴旺的气象。

这个宅院的创业者和奠基者是茅盾的曾祖父。原也是乡村小户穷家的农民，却经商有道，在汉口发了财，便嘱茅盾的祖父在乌镇置地造屋，先东院后西院，遂成这幢完整气派的建筑。我在这里看到茅盾落生的那间屋子，倒也没有什么特殊的感觉，天才落生在任何一间屋子都是合宜的，也无关紧要。我更感兴趣的是那间家塾，内有三张至今仍油光锃亮的小方桌。茅盾就是在这间屋子的某一张桌子上铺开纸笔和书本的，一位中国新文学的大师开始了启蒙。他的老师是他的祖父沈砚耕和父亲沈永锡。家业富足以后首先就让子孙读书，是这个民族亘古不变的传统，南方是这样，我生活的关中也是这样。只有揭不开锅交不出学费和买不起笔墨纸砚，才忍心让孩子失学。茅盾的祖父和父亲在教着五岁的茅盾开始念书写字的时候，寄望自然是深厚至殷的。我想他们肯定没有料及这个在他们膝下一句一句背诵，一笔一画练习着毛笔字的后人，后来会成为一个写作新小说的作家。

老屋后楼下层的一间作为客厅，茅盾的祖母曾在这间屋子里养蚕。据说少年茅盾曾参与搭手和祖母一起干。由此自然联想到我曾经在中学课本上学过的《春蚕》，文中那个因养蚕而破产的老通宝的痛苦脸色，至今依然存储在心底。我却顿然意识到养蚕专业户老通宝的破灭和绝望，茅盾在自家的深宅大院里是难能体验感受得到的。他少年时期的生活和读书，得益于这个宅院的创业者；他后来作为一个新文学的作家，眼睛和心灵却又投注到如曾祖父踏上商道之前的无以数计的日趋凋敝的老通宝们的茅屋小院里去了。于今想起在中学课堂上学习《春蚕》时的感觉，竟然没有因为老通宝是一个南方的蚕农而陌生而隔膜，与我生活的关中地区的粮农棉农菜农在那个年代的遭际也没有什么不同。这种感觉对我一直影响到现在，不大关注一方地域的小文化色彩。一个儒家学说，又在同一个历史进程中颠簸着的同一个民族，要寻找心理秩序和心理结构的本质性差异，是难得结果的。

从故居出来，站在观前街上，再回头观瞻这幢宅院，脑海里倏忽跳出了破旧的蛋壳，曾经诞生过一只公鸡的蛋壳。追寻这只蛋壳为什么会生出这样一只伟大的公鸡是没有答案的，其意义也近乎于无。于这只公鸡来说，那对于黎明近乎本能的呼唤啼叫，才是中国南方也是北方无以数计的老通宝们的期待……

林中那块阳光明媚的草地
——俄罗斯散记之二

　　早晨醒来便听见哗哗哗的雨声。拉开窗帘就看到满天低沉的黑云，从黑云里倾泻而下的雨条闪着些微的亮光。到俄罗斯整整一周了，走到哪里都是蓝天白云下碧透的天空和鲜亮的阳光，今天遇到下雨了。有阳光又有雨，当是感受俄罗斯大地自然天象变幻的一个小小的又是难得的完满。

　　冒雨去图拉，拜谒托尔斯泰。车行四小时，大雨一路都在不歇气地下着。我总是忍不住拉开车窗，开阔的原野覆盖着望不透的森林，无边无沿的草场，都笼罩在迷迷蒙蒙的雨雾里。飞进车窗的雨滴打湿了我的头脸，这是托翁故乡的雨。

　　临近图拉城的标志，是路边终于出现了人。一顶顶简便装置的帆布或塑料帐篷，零散地撑持在公路边上，摆列着一排货架，守候着一个个女人，都在卖着以图拉命名的饼子。

　　据说这种饼是闻名俄罗斯的土特产品，以黑麦制成，别有一番独特绵长的香味且不论，绝对不加任何防腐剂却可以存贮半年以上，久享盛名。看着在雨篷下守候过路客捎带图拉饼的女人，我顿然联想到家乡关中类同的情景，每到五月初，通往我的白鹿原的原上和原下的两条公路边，便摆满一筐筐一笼笼刚刚摘下来的樱桃；通往临潼秦兵马俑的路旁，九月的石榴和九月末的火晶柿子招惹着世界各方的男女；还有去女皇武则天陵墓的路边，垒堆如小塔的锅盔，既可以整摞整个售购，也可以切成西瓜牙儿一般大小零卖，还有人索性就把大铁锅支在路边现烙现卖。

乾县的锅盔虽不及图拉饼的盛名，却在遍地锅盔的关中独俏一枝，皮脆里绵，满口麦子纯正的香味，武则天在锅盔的香味里滋润了一千多年，该当改为女皇牌锅盔了。看着那些伫立在路边的图拉女人，我想大约和关中路边守候的农夫农妇一样，卖下钱不外乎盖新房，供孩子读书，以及为儿女娶媳妇办嫁妆。托翁故乡的农民和关中乡民谋求生活的方式和思路如出一辙。

车过图拉城时，雨缓解松懈下来。汽车穿过图拉城，从街面建筑和街道的景致看，都显示着一种久远的陈旧，与中国任何一个中、小城市一夜之间的全新面目都显示着距离性差别。雨时下时停，出图拉城就看到远方天际一抹蓝天和阳光。拐过两个交叉弯道，就看到一排很长的林木遮蔽下的围墙和一个阔大的门，这就是托翁自己命名的"林中那块阳光明媚的草地"——庄园故居了。

站在宽大的门口，一眼看见两排整齐高大的白桦树的甬道，通向林木笼罩的深处。我跨进大门并走上白桦树下的甬道，踏着用三合土铺垫的大平小不平的路面，庆幸自己终于有缘走在遍布着托翁脚印的土地上了。

托翁一生都走在这庄园里的大路小径果园耕地和林荫草地上，我踏在已经消失沉寂了托翁脚步响声的印痕里，依然感知着一个伟大灵魂神圣的灵性。白桦树依然枝叶茂盛，白色鲜亮的树皮浮泛着诗意。头顶的枝叶不断洒下水滴。甬道土路的小坑浅洼里积着雨水。

左边有一排涂成灰蓝色的木板房，是马厩，庄园里曾经耕田拉车以及溜达的好多匹马，就养在这里，现在依着原样原封不变地保存着，自然都已经圈干槽净了，我似乎还可以闻到马粪马尿和畜生混合的气味。甬道右边还有一排蓝灰色的木板房，是贮藏草料和马具的库房，可以看到门里散落的干草，还有犁具、围脖和套绳，似乎刚刚罢耕归来卸下，散发着马脖子的臊味儿。

还保存着农耕生活记忆的我，顿然浮现出这里添草拌料和骡马踢踏喷鼻的生机勃勃的图景。现在是一片人畜不再的冷寂。

甬道尽头往右拐进去，是一座涂成黄色的两层小楼，这是托尔斯泰的居室和写作间。下层一个大约不超过十平方米的小屋子里，托翁写成了《战争与和平》。

我站在这间屋子的一瞬间，弥漫在心头的神秘顿然散失净尽了。一张不大的木板桌子，不仅谈不上精致或讲究，大约当初只刷过一层清漆，可以清楚地看到被磨损的或粗或细或直或歪的木纹；可以猜想长胳膊长腿的托翁伏案写作时，肯定会摊占大半个桌面。

房间里还有一只小茶几和一张单人床，这床也应是我见过的最窄的一张床了，当是写得腰酸臂痛时伸懒腰的设施。房间不仅没有装饰装潢，更没有如中国文人惯常装备的字画铭题之类的，连一个像样的书架都不置备。到二楼的一间几乎同样小的房间里，也是漆成淡黄色的一张木桌，椅子的四条腿截断了一截，低到如同我家里的马扎。

据说是托翁视力不好，椅子低点就可以缩短眼睛和稿纸的距离，避免了低头弓腰。

在这间小小的简便到简陋的书房里，托尔斯泰写成了《安娜·卡列尼娜》。我还想看看写作《复活》的房间，讲解员说这部写作长达十年的小说，托尔斯泰先后换过三个写作间，没有解释换房的原因。

我走出这座二层小楼时，脑子里就突显着两张淡黄色的木桌。我更加确信作家从事的写作这种劳动，最基本的条件不过就是一张桌子和一把椅子，可以铺开稿纸可以坐下写字，把澎湃在胸腔的激情和缠绕在脑际的体验倾泻到稿纸上就足够了，与房子的大小、屋内的装备和墙面上贴挂的饰物毫无关系。

说句不算抬杠的话，如果脑子里是空乏的，胸腔里是稀薄的，即使有镶着宝石的黄金或白银的桌椅也无济于事。无论如何，我至今还想着那把太低太矮的椅子，坐上去就得把腿伸到很远，坐久了会很不自在的，何不加高桌子的四条腿，同样可以做到不弯腰低头而缩短眼睛和稿纸的间距，况且能够让双腿自由自如地屈伸……

在这座托尔斯泰写作和生活的黄色小楼前，有一块不大的空地，该算作院子吧。在这方小院的三面，都是稠密到几乎不透阳光的树林，林间长满杂草，俨然有一种森林的气息。楼前的这方小院，除了供人走的台阶下的土路，也都栽种着花草，却不是精细琢磨的管理，完全是自由生长的泼势。

花草园子里有一棵合抱粗的树，不见一片绿叶，粗壮的枝股和细细的枝条，赤裸在空中，在四周一片浓密的绿叶的背景下，这棵树就令人感到一种死亡的凄凉。

我初看到这棵枯死的树时，就贸然想到保存它与周围的景致太不谐调，随之了知到这棵树非凡的存在，竟然有一种内心深处的震撼。

枯枝上挂着一只金黄色的铜钟，我初看时就想到小学校里上课下课敲出指令的铜钟。托尔斯泰属于贵族，却操心着贫苦农民的疾苦和委屈，以真诚之心帮助那些寻找救助的人，久而久之，那些四野八乡遭遇困境的乡民便寻到这个庄园来。托尔斯泰在楼前院子的这棵树上挂了这只铜钟，供寻访的穷人拉响，托尔斯泰就会放下钢笔推开稿纸，把敲钟的穷人请进楼里，听其诉叙困难和冤屈，然后给予帮扶救助。

据说有时竟会在这棵树下发生排队，等候敲钟。然而没有哪怕是粗略的统计，曾经有多少穷人贫民踏进这座庄园，走到这棵树下，憋着一肚子酸楚和一缕温暖的希望攥住那根绳子，敲响了这个铜钟，然后走进了小楼会客厅，然后对着胡须垂到胸膛的这位作家倾诉，然后得到托尔斯泰的救助而脱离困境。

这棵曾经给穷人和贫民以生存希望的树已经死了，干枯的枝条呈着黑色，枝干上的树皮有一两处剥落，那只金黄色的铜钟静静地悬空吊着，虽依原样系着一条皮绳，却再也不会有谁扯拉了。救助穷人的托尔斯泰去世已近百年，这棵树大约也徒感寂寞，已经失去了承载穷人希望的自信和骄傲，随托翁去了。

托翁晚年竟然执意要亲手打造一双皮靴，而且果真打造出来了，而且很精美很结实也很实用。我自然惊讶这位伟大的作家除了把钢笔的效能发挥到无可替及的天分之外，还有无师自通操作刀剪银针制作皮靴的一双巧手；我自然也会想到这位既是贵族庄园主又是赫赫盛名的作家，绝不会吝啬一双靴子的小钱而停下笔来拎起牛皮；恰恰是他几乎彻底腻歪了以往的贵族生活，以亲自操刀捏锥表示向平民阶层的转向和倾斜。一种行动，一种决绝，一种背离。

我在听着那位端庄的俄罗斯姑娘说这个逸事时，瞬间想到曾经在什么传媒上看到谁说谁已有了贵族的气象和派势，显然是一种时尚推崇。我似乎感到某些滑稽，昨天还用旧报纸（城里人）和土坷垃（乡下人）擦屁股，一夜睡醒来睁开眼睛宣布成了贵族了……托尔斯泰把他精心制作的这双皮靴送给一位评论家朋友。这位评论家惊讶不已，反复欣赏之后，郑重地把这双皮靴摆到书架上，紧挨着托尔斯泰之前送给他的十二卷文集排列着，然后说：这是你的第十三卷作品。

　　这话显然不单是幽默，是以俄罗斯人素有的幽默语言方式，表述出对一位伟大作家最到位最深刻的理解。

　　我真感到幸运，在林中的这块草地上领受到了明媚的阳光。雨在我专注于黄色小楼里的一张桌子一把椅子一张照片一页手稿的时候，完全结束了。头顶是一片蓝色的天空和自在悬浮着的又白又亮的云。林子顶梢墨绿的叶子也清亮柔媚起来。阳光从枝叶的空隙投到林子里的硬质土路上，洒在小小的聚蓄着雨水的坑洼里，更显一种明媚。

　　走到一大片苹果园边，天空开阔了，阳光倾泻到苹果树上，给已经现出颓势老色的叶子也平添了柔和和明媚。树枝上挂着苹果，有的树结得繁，有的树稀里吧啦挂着果子。苹果长足了时月停止再长，正在朝成熟过渡，青色里已淡化出一抹白色。

　　从果树的姿势看，似乎疏于管理；从果形判断，当是百余年前的老品种了，在中国西北最偏远的苹果种植区，早在十几二十年前都淘汰了。这些苹果树和大面积的园子，自然完全不存在商业生产的意义，而是作为托翁的遗存保留给现在的人，现在依然崇拜和敬仰这位伟大灵魂的五洲四海的人。我看不到托翁了，却可以抚摩托翁栽植的苹果树，在他除草剪枝施肥和攀枝折果的果林间走一走，获得某种感应和感受，不仅是慰藉，而且是一种心理的强力支撑。

沿着一条横向的硬质土路走过去。湿漉漉的路面上有星星点点的阳光。路两边是高耸的树，从浓密的树叶的空隙可以看到碎布块似的蓝天和白云，平视过去则尽是层层叠叠的湿溜溜的树干。

我尽可以想象雨后初霁的傍晚，阳光乍泄的林间树丛中，托翁拨开草叶采摘蘑菇的清爽。树林间有倒地的枯木，杆皮上生出绿苔和白茸茸的苔衣，都依其自由倒地的姿态保存着，更添了一种原始和原生形态的气息。

这里已没有了剪枝疏果吆马耕田采蘑制靴的托尔斯泰的身影，没有了闻钟迎接穷人听其诉苦的托尔斯泰，也没有了在木纹桌前摊开稿纸把独自的体验展示给世界的托尔斯泰了。然而，一个伟大的灵魂却无所不在。

恰在我到这儿来之前几天，《参考消息》转载一篇文章，说欧美一些作家又重新阅读陀思妥耶夫斯基和托尔斯泰了。我便想，小说的形式和流派如狗追兔子般没命地朝前抢着，跑到"后后后"的地段上，终于有人歇下来缓口气，又往来路上回眺了。看来似乎没有完全过时的形式，只有空虚肤浅的内容最容易被淡忘被淹没。

横着的路出现了三岔口，标示左边通托翁的墓地。路上的光线似乎暗下来，许是树木更密了，也许是太阳光照角度的差异，路面和小水坑里已经看不到亮闪闪的光斑了。在树林的深处，我看到了托翁的墓地，完全是意料不及想象不出的一块墓地。在一块临近浅沟的边沿，有一片顶大不过十平方米人工培植的草坪，中间堆着一道土梁，长不过一米，高不过半米，是一种黑褐色的泥土堆培而成。上面没有遮掩，四周没有栅栏防护，小土梁就那样无遮无掩地堆立在小小的草坪上。

我站在草坪前，竟有点不知所措。这样简单的墓地，这样低矮的土梁标志，比我家乡任何一个农民的墓堆都要小得多。没有任何碑石雕像，就是一坨草坪一撮褐黑的泥土，标志着一个伟大灵魂的安息之地。

那个小土梁上，有一束鲜花。我在转身离去的一瞬，似乎意识到，托尔斯泰是无须庞大的墓地建筑来彰显自己的，也无须勒石刻字谋求不朽的，那小小的草坪和那一道低矮的土梁，仅仅只标示着一个业已不朽的灵魂安息在这里。

离开墓地和通往墓地的林间幽径，有一片开阔的草地，灿烂着红的白的紫的金黄色的野花。季节还算是夏天，雨后的太阳热烈灿烂，仍不失某种羞羞的明媚。我沉浸在野草野花和阳光里，心头萦绕着托翁为自己的庄园所作的命名："林中那块阳光明媚的草地"，真是恰切不过的诗意之地，又确凿是现实主义的具象。

图书在版编目（CIP）数据

晶莹的泪珠：陈忠实给孩子的散文 / 陈忠实著. —
杭州：浙江人民出版社，2022.8
ISBN 978-7-213-10593-7

Ⅰ. 晶… Ⅱ. ①陈… Ⅲ. ①散文集－中国－当代
Ⅳ. ① I267

中国版本图书馆CIP数据核字（2022）第077855号

晶莹的泪珠：陈忠实给孩子的散文
JINGYING DE LEIZHU: CHENZHONGSHI GEI HAIZI DE SANWEN
陈忠实　著

出版发行	浙江人民出版社（杭州市体育场路347号　邮编　310006）	
责任编辑	钱　丛	
责任校对	戴文英	
封面设计	朱　琳	
电脑制版	尚春苓	
印　　刷	三河市嘉科万达彩色印刷有限公司	
开　　本	840 毫米 × 1194 毫米　1/32	
印　　张	7.25	
字　　数	130 千字	
版　　次	2022 年 8 月第 1 版	
印　　次	2022 年 8 月第 1 次印刷	
书　　号	ISBN 978-7-213-10593-7	
定　　价	55.00 元	

在喧嚣的世界里，

坚持以匠人心态认认真真打磨每一本书，

坚持为读者提供

有用、有趣、有品位、有价值的阅读。

愿我们在阅读中相知相遇，在阅读中成长蜕变！

好读，只为优质阅读。

晶莹的泪珠：陈忠实给孩子的散文

策划出品：好读文化 　　　　监　　制：姚常伟

责任编辑：钱　丛 　　　　产品经理：程　斌

特邀编辑：孙　卉 　　　　装帧设计：朱　琳